KB060106

시간
있으면
나좀
좋아해줘

.

시간
있으면
제18회 문학동네작가상 수상작

나 좀
좋아해줘

홍희정 장편소설

문학동네

차례

시간 있으면 나 좀 좋아해줘 • 007

수상 소감 • 143

심사평 • 146

수상작가 인터뷰 • 154

1

—똑똑한 아이는 엄마가 보라고 일기를 써.

율이는 오징어 다리를 질겅거리며 시니컬하게 말했다. 나는 읽던 책을 내려놓고 율이를 쳐다보았다. 그러자 율이는 차마 그러지 못하는 마음만이 파멸해가는 인간을 구원할 수 있다고 알 수 없는 소리를 중얼거렸다. 망조가 든 게 틀림없었다. 대여섯 평 남짓한 구멍가게에서 하루종일 시간을 보내다보니 율이의 머리가 어떻게 된 것인지도 몰랐다. 나는 손가락 하나하나마다 꼬깔콘을 끼우고 있는 율이를 보며 말했다.

—잠깐 가게 문 닫고 근처 공원에라도 갈까?

율이는 고개를 저었다.

—엄마가 알면 난리나.

　키 백팔십육, 스물여섯 청년인 율이의 얼굴 위로 어린아이처럼 순진무구한 두려움이 아른거렸다.

　율이가 본격적으로 개미슈퍼를 지킨 지도 벌써 넉 달이 넘어가고 있었다. 미시적인 이름과는 달리 개미슈퍼에는 먹을 것도 충분했고 유선방송이 나오는 텔레비전도 있었으며, 한 사람 정도는 누울 수 있는 작은 평상까지 놓여 있었다. 처음에는 율이의 어머니가 급한 볼일이 있을 때 잠시 슈퍼를 지키는 수준이었지만, 넉 달 전부터 율이는 아예 이십사 시간 내내 슈퍼에서 지내게 되었다. 율이의 어머니는 대형마트 입점을 반대하는 모임의 임원을 맡으면서 슈퍼에 신경쓸 겨를이 없는 듯했다.

　나는 다시 책을 펼치고 프란츠 카프카의 세계로 빠져들었다. 율이는 나에게 카프카의 책을 권하며 이렇게 말했었다.

　—지독히 재미가 없거든.

　이왕 읽을 거라면 좀 재미있는 게 낫지 않겠느냐는 나의 말에 율이는 단호하게 대답했다.

　—재미있는 것, 그런 것들이 문제야. 세상을 망치는 원흉이라고.

　매사에 필요 이상 진지한 것은 율이 특유의 성격 중 하나였다. 어쩌면 책을 너무 많이 읽어서 비롯된 태도인지도 몰랐다. 여하튼 별달리 할 일도 없던 나는 율이가 내미는 두꺼운 책을 순순히 받아들었다. 율이의 말처럼 카프카의 책은 평소 내가 즐겨 보던, 박진감 넘치는 일일드라마와는 사뭇 달랐다. 뭐랄까. 글 곳곳에서 드러나는 난감함이 카프카의 화두인 것 같았다. 단지 배가 고파서 엄마, 맘마, 하고 따라 했을 뿐인데 정신을 차려보니 쓸데없이 언어라는 것을 배워버렸다는 어린아이의 난감함.

하긴 난감함으로 치면 나도 못지않았다. 올해 초 대학을 졸업한 나는 취직도 하지 못한 채 애매한 시간들을 보내고 있었다. 백 군데도 넘는 회사에 이력서를 넣었지만, 면접을 보러 오라는 곳은 채 열 곳도 되지 않았다. 그나마 면접을 봤던 회사에서도 매번 고배를 마셨다. 매스컴에서 취업난이라고 연일 떠들어대도 나만은 별개라고, 물 반 고기 반처럼 일자리는 널려 있다고 마인드컨트롤을 하던 나는 거절당하는 횟수가 거듭될수록 망상과 자기비하에 빠져 허우적대다가 시간이 지나자 그마저도 어영부영, 적절한 분노와 수긍을 반복하는 감정상태로 진입하고 있었다. 그렇다고 마냥 놀 수만은 없어 이런저런 아르바이트를 하기 시작했다. 아르바이트를 쉬는 날이면 개미슈퍼에서 율이와 함께 시간을 보냈다. 율이는 책임감도 민망함도 없는지 대학 때와 다를 바 없이 매일 스케치북에 드로잉을 하거나 책을 읽고 무언가를 쓰는 일에만 집중했다. 아니, 율이가 집중하는 일이 또 한 가지 있었는데 그건 바로 어머니의 사랑을 갈구하는 것이었다.

오 남매 중 막내로 태어난 율이는 형, 누나 들과 나이 차가 많이 났다. 남들이 볼 때는 유독 귀여움을 많이 받고 자랐으리라 생각되겠지만, 율이가 여섯 살이 될 무렵 아버지가 돌아가시는 바람에 나름 고충의 유년 시절을 보냈다고 한다. 갑자기 생활전선에 뛰어들어야 했던 율이 어머니가 율이를 돌볼 겨를이 없어 친척집에 맡겨가며 어렵

게 키워냈던 것이다. 율이는 외삼촌 집을 시작으로 고모와 이모 집까지 유랑하며 유년기를 보냈다. 율이의 말에 따르면 자신을 키운 건 팔 할이 눈치였다고 한다. 그래서인지 율이는 유난히 주변 사람들을 의식했다. 특히 어머니에 대해서만은 히스테릭할 정도로 예민한 편이었다.

그런데 이상한 건 율이가 어머니에게 사랑을 갈구하는 방식이 좀 기묘하다는 것이었다. 율이는 무조건적으로 어머니에게 잘 보이기 위해 애쓰다가도, 결국 모든 것은 어머니가 마지막 눈을 감을 때 '미안하다. 내가 잘못했어. 네가 오 남매 중 가장 소중한 자식이었다'라는 말을 듣기 위한 복수극에 불과하다며 자책하곤 했다. 책읽기와 글쓰기를 좋아하면서도 어머니의 소싯적 꿈이 화가였다는 이유 때문에 죽어라 노력해 미대에 입학하고는 그런 자신이 증오스럽다며 다시 책읽기와 글쓰기에만 매진했다.

나는 그런 율이가 몹시 신경이 쓰였다. 왠지 그대로 두었다간 인간과 살지 못해 개와 살다가, 개 대신 선인장과 살다가, 선인장도 힘들어 돌과 사는 중년의 독신남이 될 것만 같았다. 그래서인지는 몰라도 나는 대학 시절 내내 율이와 함께했다. 전공은 달랐지만 교양수업을 같이 듣고 함께 밥을 먹었다. 율이가 군대에 다녀오는 동안에 나는 휴학을 하고 아르바이트를 하며 율이를 기다렸다. 그러는 사이에 율이는 꽤 많은 여자들과 짧은 만남을 반복했다. 율이는 사귀던 여자들과 대체로 한 달을 넘기지 못하고 헤어지곤 했다. 일종의 연애장애랄까. 아마도 율이가 여자친구에게 몹시 집착했다가 냉정할 정도로 무관심

하기를 반복하기 때문인 것 같았다. 여자친구들은 그를 로맨스와 냉소가 마구 뒤섞인 인간으로 평가했다.

율이의 연애가 거듭되는 내내 나는 오로지 율이만 바라보았다. 내 마음을 드러낸 적은 한 번도 없었다. 물론 솔직한 감정을 털어놓고 싶을 때도 있었다. 하지만 율이 앞에만 서면 넓적한 돌멩이를 삼킨 것처럼 목구멍이 막혀왔다. 섣불리 연인이 되었다가 나 또한 헤어지게 될까봐 두려웠기 때문이다. 차라리 친구로 남아 계속 율이를 볼 수 있는 편이 좋았다. 꼭 내 것이 아니어도 괜찮다. 같이 있는 것만으로도 사무치게 좋다. 이것이 율이를 향한 나의 마음이었다.

벌써 육 년. 율이를 알고 지낸 시간을 떠올리고 있는데 미닫이문이 열렸다. 더운 날씨에도 겹겹이 겹쳐 입은 원색의 티셔츠. 실밥이 다 뜯어진 꼬질꼬질한 운동화. 지난 대통령선거 이후로 감지 않았을 것 같은 떡진 머리. '백원만'이었다. 그는 평소처럼 우리와 눈도 마주치지 않고는 곧장 상품진열장 쪽으로 다가갔다. 뒷짐을 지고 가게 안을 이리저리 돌아다니더니 황도캔 두 개와 소주 한 병을 골랐다. 그리고 싱글벙글 웃는 얼굴로 그것들을 가져와 카운터 위에 올려놓았다. 나는 작게 한숨을 쉬며 포기하는 심정으로 말했다.

─육천이백원입니다.

하지만 그는 돈을 내는 대신 자신의 손바닥을 쭉 내밀고는 우렁차게 외쳤다.

─백원만!

예상했던 말이었다. 그는 일주일에 한두 번쯤 슈퍼에 들러 내키는 대로 물건을 집어와 카운터에 내려놓고는 매번 같은 말을 했다. 충혈되고 눈곱도 덕지덕지 붙었지만 눈동자가 또렷한 걸로 봐서는 정신이 이상한 것 같지도 않은데 도대체 왜 그러는 건지 알 수가 없었다. 나는 부드럽지만 단호한 목소리로 다시 한번 육천이백원이라고 말했다. 하지만 그는 나를 향해 손바닥을 흔들며 반복할 뿐이었다.

—백원만!

참다못한 나는 탁, 소리가 나게 책을 덮고 자리에서 일어났다. 아무 말 없이 백원만의 얼굴을 노려보았다. 그때 율이가 금고를 열고 백원짜리 동전을 꺼내 그에게 주었다. 그는 누런 이가 드러나게 활짝 웃어 보이고는 손까지 흔들며 슈퍼를 나섰다.

—자꾸 줘버릇하니까 또 찾아오는 거잖아.

나의 불평에 율이는 손가락에 끼워진 꼬깔콘을 하나씩 빼먹으며 중얼거렸다.

—넌 사랑을 많이 받아서 근본은 있지만 사랑만 받아서 기본이 없어.

한숨이 저절로 나왔다. 알 수 없는 소리를 해대는 건 백원만이나 율이나 마찬가지였다. 나는 황도와 소주를 들고 자리에서 일어섰다. 진열대에 황도를 올려놓으며 율이에게 말했다.

—학교 다닐 때 저런 애들 있지 않았냐?

—어떤 애들?

—왜 주변을 돌면서 백원만, 백원만 하고 애원하던 애들. 최소한의 미학이랄까. 안 주기도 치사하고 주기도 치사한 백원.

율이가 기억을 더듬듯 눈을 깜빡거렸다.

—그러고 보니 우리 반에도 있었던 것 같아. 능글능글한 얼굴로 다가와서는 백원만, 하고 구걸하던, 아니, 한입만이었나?

—신기하게도 그런 애들은 반마다 꼭 한 명씩 있다니까.

율이가 나른한 표정으로 말했다.

—어쩐지 그립다. 백원만.

—그립긴 뭐가 그리워. 개미슈퍼에도 자주 찾아오는데.

—방금 전 그 사람. 과거에서 온 백원만 아닐까.

율이의 말에 나는 고개를 절레절레 흔들며 중얼거렸다.

—생각하는 거 하고는.

또다시 미닫이문 여는 소리가 들렸다. 백원만이 다시 온 걸까. 고개를 돌려 문 쪽을 살폈다. 칸트였다. 매일 같은 시간에 슈퍼에 들르는 남자. 그래서 우리는 그를 칸트라고 불렀다. 그의 외모는 언제 봐도 이국적인 정취가 물씬 풍겼다. 코밑에 난 빳빳하고 풍성한 콧수염, 드라마틱할 정도로 완벽한 각도를 지닌 큰 코, 휴지뭉치라도 넣은 듯 바짝 솟은 네모난 어깨. 이 동네에서는 좀처럼 보기 드문 외모였다. 처음 봤을 땐 눈을 떼지 못했을 정도였다. 외국인이 아닌가 하는 생각에 잔뜩 긴장했었다. 그런데 그는 유창하게 한국말을 했다. 그것도 매일 같은 시간에 와서 똑같은 물건을 사며 말이다.

그는 매일같이 구입하는 두부와 우유를 집어 카운터 쪽으로 왔다.

—얼마예요, 다?

율이가 삼천사백원이라고 하자 그는 카운터에 돈을 내려놓고 말했다.

—오늘 날씨가 참 좋아요, 두 분 다 좋은 하루 되세요!

칸트의 인사는 매번 명랑했다. 율이가 칸트가 나간 문 쪽을 쳐다보며 말했다.

—저 어깨 말이야. 정말 요즘 세상엔 보기 드물게 솟은 어깨야. 18세기에나 가능한 어깨랄까.

나는 냉장고로 가 우유를 살폈다. 율이에게 오늘이 며칠이냐고 물었다. 율이는 휴대폰을 꺼내 날짜를 확인하고는 23일이라고 대답했다. 유통기한이 지난 우유들이 드문드문 보였다. 나는 그것들을 모두 꺼내 바닥에 내려놓고 나머지 우유들을 날짜별로 정리했다. 유통기한이 지난 게 다섯 팩이나 되었다.

우유팩들을 팔로 끌어안아 평상 위로 옮겼다. 그사이 엎드린 자세로 누워 종이 위에 무언가를 끄적거리고 있던 율이가 우유팩들을 흘끔 쳐다보았다.

—점점 늘어나고 있어.

걱정스런 나의 말에 율이는 심드렁한 표정으로 대답했다.

—점심 먹은 게 아직 안 꺼졌어.

그러고는 다시 고개를 숙이고 신중하게 펜을 움직였다. 신의 음성을 양피지에 공들여 옮겨적던 중세의 수도사처럼 숙연함마저 감돌았다.

—여태 마른오징어랑 꼬깔콘은 잘도 먹어놓고.

나는 할 수 없이 혼자서 우유를 마시기 시작했다. 두 개를 연속으로 마시자 고소하고 비릿한 우유 냄새가 코를 타고 뇌 속으로 구석구석 퍼지는 것 같았다.

개미슈퍼 근방에 대형마트가 생긴 건 석 달 전이었다. 처음에는 개인이 여는 마트인 것처럼 간판을 걸었다가 어느 날 밤 대형마트 간판으로 바꿔 걸렸다. 앞으로도 두 개의 대형마트가 더 문을 열 예정이라고 했다. 갑자기 동네에 대형마트들이 줄지어 입점하게 된 것은 대규모 아파트단지 때문이었는데, 건설사가 아파트 분양이 잘되게 하려고 대형마트를 유치한 것이었다. 근처 시장상인들과 영세상인들은 마트 앞에서 시위를 벌였다. 깃발을 단 배달용 오토바이를 맨 앞에 세우고 거리를 걸으며 삼보일배를 하기도 했다. 시장에서 생선을 팔던 임씨 아줌마는 비린내 나는 고무장화와 장갑을 그대로 착용한 채 절을 했다. 율이의 어머니도 삭발이라도 하겠다며 맨 앞줄에서 목소리를 높였다. 하지만 마트 쪽에서는 법적으로 전혀 문제가 없다는 이유로 아무런 반응을 보이지 않았다. 율이 어머니는 대형마트와 차별화를 두겠다며 슈퍼를 이십사 시간 열기 시작했지만 개미슈퍼에는 유통기한이 지난 우유만 점점 늘어날 뿐이었다.

—어머니 말이야, 요즘 식사는 제대로 챙겨드셔?

나의 물음에 율이는 아니, 하고 음울한 목소리로 대답했다.

—어제저녁에도 막걸리만 마시고 잤어. 그래봤자 계란으로 바위치기인데 그냥 포기했으면 싶다. 동네 슈퍼를 이십사 시간으로 연다고 손님이 많아질 것도 아니고. 나까지 고생이라니까. 이거 봐. 눈 벌겋게 충혈된 거.

나는 율이의 마음도, 율이 어머니의 마음도 다 이해할 수 있을 것 같았다. 홀몸으로 오 남매를 키워낸 기반이라고도 할 수 있는 슈퍼를 정리하기는 쉽지 않을 터였다. 율이도 그런 어머니를 보는 것이 편할 리는 없었다. 나는 고개를 숙이고 무언가를 끄적거리는 율이의 뒤통수를 내려다보았다. 우울한 목뼈가 툭 불거져 있었다. 우리는 언젠가부터 위로도 조언도 아닌, 말로 다 할 수 없는 것을 전해야 할 때 서로의 목뼈를 누르곤 했다. 술에 취한 어느 밤, 3세기 전부터 그 자리에 있었을 것 같은 동아리 방의 낡고 더러운 소파에 기대앉아 장난처럼 시작한 그 행동은 어느새 둘만의 의식이 되어버렸다. 쓰다듬듯, 감싸안듯 가만가만 손을 가져가 상대를 보듬는 행위. 서로에게 분명한 충고나 조언을 직구로 던져야 할 때조차도 아둔한 그 행위만 반복할 뿐이었다. 나는 율이의 목뼈를 검지로 지그시 눌렀다. 율이는 순한 아이처럼 가만히 나를 올려다보았다. 어쩌면 우리는 보통 사람들보다 어른이 되는 데 더 많은 시간이 걸리는 타입인지도 몰랐다.

2

쌍용각에는 손님이 많았다. 수업을 끝내고 야간자율학습을 앞둔 인근 고등학교 학생들이 대부분의 테이블을 차지하고 있었다. 동네에서 가장 양 많고 저렴하기로 유명한 중국집 쌍용각의 주 고객은 고등학생들이었다. 학생들은 귀청이 울리도록 큰 소리로 떠들어대고 있었다. 주체할 수 없는 에너지가 목소리로 응집되어 분출되는 것 같았다. 나와 할머니는 출입문 바로 앞 테이블에 자리를 잡았다.

─할머니, 뭐 먹을 거야?

할머니는 컵에 물을 따르며 짜장면 곱빼기, 하고 대답했다. 나는 물수건으로 테이블을 닦으며 말했다.

─여기 보통으로 시켜도 곱빼기 양으로 주는 거 알잖아. 한창때인 학생들도 곱빼기 시키면 다 못 먹고 포기해.

─그래도 난 짜장 곱빼기야.

─아, 글쎄, 그냥 보통 먹으라니까. 할머니 그거 다 못 먹어.

주인이 주문을 받으러 다가왔다. 할머니는 나의 만류에도 결국 짜장면 곱빼기를 시켰다. 원래 양이 많은 편도 아니면서 도대체 그걸 어떻게 다 먹겠다고 고집을 부리는 건지. 할머니는 학생들이 장난을 치고 떠드는 모습만 물끄러미 바라보고 있었다.

학생들은 오른손으로 젓가락질을 하며 왼손으로는 휴대폰 화면을 만지작거렸다. 그러면서도 말을 멈추지 않았다. 국어 말이야. 신경질 좀 작작 부렸으면 좋겠어. 일교시가 국어면 하루종일 토할 거 같아. 아냐, 오교시가 더 싫어. 밥 먹고 난 뒤라 한 시간 내내 혀로 소리나게 앞니를 훑어대잖아. 나 보기가 역겨워, 츱, 가실 때에는, 쯔읍, 죽어도, 츠쯥, 아니 눈물, 쯥. 국어 이빨, 몽땅 틀니라는 소문이 있던데? 농담인지 진담인지 모를 이야기들이 오고갔다. 때때로 그들의 목소리가 한꺼번에 너무 커져서 무슨 말을 하는 건지 알아들을 수가 없었다.

종업원이 우리 테이블에 짜장면 그릇을 내려놓았다. 어마어마한 양이었다. 학생들이 눈이 휘둥그레져서 우리 쪽을 쳐다보았다. 할머니 앞에 놓인 그릇에는 짜장면이 넘칠 만큼 가득 담겨 있었다. 세 사람이 먹어도 될 양이었다.

—거봐, 엄청 많잖아.

할머니는 젓가락을 꺼내며 느닷없이 신경질을 냈다.

—글쎄, 다 먹을 수 있다니까!

나는 그러시든지, 하고 단무지에 식초를 뿌렸다. 올해 여든일곱 살인 할머니는 고집이 셌다. 나이가 들고, 허리가 구부러져도 자존심만은 절대 기울지 않았다. 어쩌면 할머니도 율이처럼 책을 너무 많이 읽어서 그런지도 모를 일이었다. 서울 토박이인 할머니는 어렵고 험난했던 시절에도 고등학교까지 다닌 것을 큰 자랑으로 여겼다. 할머니의 아버지는 동네에서 하나뿐인 의사였는데 외모가 꽤나 핸섬한 사람으로 취미가 책을 모으는 것이었다고 한다. 그래서 할머니는 어린 시절부터 자연스럽게 다양한 책을 읽으며 성장했다. 지금은 노안 때문에 돋보기를 써야 하지만 짧은 시간이나마 책을 읽는 것을 유일한 행복이자 자랑으로 여기고 있었다.

단무지를 하나 베어문 할머니가 오물거리며 말했다.

—이레야, 예전에 내가 준 그거 기억나냐.

—그거라니?

—왜 있잖아. 네 엄마 아빠 죽고 얼마 이따 내가 줬던 거.

짜장면을 입에 잔뜩 넣은 나는 고개를 끄덕거렸다. 초등학교 육학년 겨울방학 무렵. 이유 없이 우울하고 이유 없이 들뜨고 이유 없이 고통스런, 설렘과 절망 사이를 오가는 사춘기를 보내던 그때. 나의 부모는 교통사고로 혼수상태에 빠진 지 일주일 만에 세상을 떠났다. 너무 갑작스러운 죽음이었기에 나는 장례식이 끝나고 난 뒤에야 눈물이 났다. 도무지 실감을 할 수가 없었던 탓이었다. 등교도 거부하고 방문을 걸어닫은 채 울기만 하는 나에게 할머니는 꼬깃꼬깃 접힌 종이를 건넸다. A4용지에는 중학생 글자처럼 동글동글한 할머니의 서체로 적힌 글자들이 빼곡했다.

김구는 73살에 암살자의 총에 맞아 죽었고,

나폴레옹 보나파르트는 51살에 위암으로 죽었고,

마리 퀴리는 66살에 방사능 노출에 따른 악성 빈혈로 죽었고,

마크 트웨인은 74살에 심장마비로 죽었고,

마틴 루서 킹은 39살에 암살자의 총에 맞아 죽었고,

방정환은 31살에 고혈압 합병증으로 죽었고,

볼프강 아마데우스 모차르트는 35살에 '무수히 난 좁쌀만한 발진'으로 죽었고

블라디미르 레닌은 53살에 뇌졸중으로 죽었고,

빈센트 반 고흐는 37살에 자살했고,

세종은 53살에 중풍으로 죽었고,

쑨원은 58살에 간암으로 죽었고,

아이작 뉴턴은 84살에 자다가 죽었고,

안중근은 30살에 교수형을 당해 죽었고,

안창호는 59살에 간경화로 죽었고,

알베르트 슈바이처는 90살에 자연히 죽었고,

알베르트 아인슈타인은 76살에 복부대동맥류 파열로 죽었고,

에이브러햄 링컨은 56살에 암살자의 총에 맞아 죽었고,

라이트 형제의 오빌 라이트는 76살에 심장마비로 죽었고

그의 형 윌버 라이트는 45살에 장티푸스로 죽었고,

유관순은 18살에 고문으로 죽었고

율리우스 카이사르는 56살에 암살자의 칼에 찔려 죽었고,

존 레논은 40살에 암살자의 총에 맞아 죽었고,

지그문트 프로이트는 83살에 안락사를 선택해 죽었고,

찰스 디킨스는 58살에 뇌졸중으로 죽었고,

카를 마르크스는 64살에 카타르성 염증에 따른 기관지염과
흉막염으로 죽었고,

파블로 피카소는 91살에 심장마비로 죽었고,

헬렌 켈러는 87살에 자연히 죽었다.

익숙한 이름도 있었고, 처음 들어보는 이름도 있었다. 여하튼 그들
은 모두 죽어 있었다. 부모님이 못 견디게 그리울 때면 나는 그 쪽지
를 들여다보았다. 기도문을 외듯 그 문구를 천천히 읽어내려가면 어
느새 마음이 가라앉았다. 이유를 알 수 없었지만 위로가 되었다. 유
독 대화하는 걸 좋아했던 부모님이 수많은 위인들과 바람이 시원한
노천극장에 둘러앉아 담소를 나누고 있는 모습을 상상하기도 했다.

내가 성장하는 동안 할머니는 때때로 그런 메모를 나에게 슬그머니 건네곤 했다. 그런데 새삼 왜 그 얘기를 꺼내는 것일까. 나는 연신 짜장면을 씹고 있는 할머니를 쳐다보았다. 할머니가 입술을 오물거리며 말했다.

— 괜찮아, 사람은 언젠가는 다 죽는 거야.

할머니는 어느새 짜장면을 반이나 비운 상태였다.

나는 할머니 쪽으로 물컵을 밀며 말했다.

— 물도 마시면서 천천히 드셔. 무슨 식욕이 그렇게 좋아.

— 사람이 어떻게 고생만 하고 사냐, 가끔 호강도 하고 살아야지.

— 무슨 말이야.

— 집에 가는 길에 달달한 케이크 하나 사서 가야겠다.

— 그거만 먹어도 배 터지겠구만 무슨 케이크야.

갑자기 학생들이 환호성을 질렀다. 사다리타기를 해서 음식값을 나누는 것 같았다. 가장 큰 금액에 걸린 듯한 여드름투성이의 남학생이 분하다는 듯 물수건을 던졌다. 와자지껄한 학생들을 보며 불현듯 내 학창 시절이 떠올랐다.

부모님이 돌아가신 이후로 한동안 나는 말수가 눈에 띄게 줄었다. 꼭 해야 할 말이 아니면 좀처럼 입을 열지 않았다. 대신 무언가를 가만히 바라보는 일에 열중하기 시작했다. 관찰대상이 거창하거나 의미심장한 것은 아니었다. 단단한 보도블록을 뚫고 툭 불거져나온 나무 뿌리나 수면을 반으로 가르며 어둡게 드리워진 다리의 그림자, 그 위를 떠다니는 부유물들 같은 것이었다. 때때로 마음속에 가차 없는 폭

풍이 몰아쳐와 모든 것을 쓸어가버릴 듯하면 나는 침묵한 채 주변을 관찰하곤 했다. 밥을 먹는 것도 잠을 자는 것도 잊고서, 그 소소한 것들의 기미나 낌새 같은 것들을 눈으로 더듬었다. 그러다보면 세상의 모든 것들이 가볍고 찰나적이고 허깨비 같다는 생각이 들곤 했다. 시간도 지나가고 계절과 세월, 풍경도 언젠가는 흔적 없이 다 사라져버릴 것이다. 모든 것은 존재했다 사라진다. 그것만이 확실한 진리이다. 그런 생각을 하며 마음을 진정시키곤 했다.

한창 예전 생각에 빠져 있는데 할머니가 젓가락으로 짜장면을 돌돌 말며 말했다.

—암이랜다.

나는 단무지를 베어물며 무심히 물었다.

—누가?

—누구긴, 이 할미가 말이다.

—농담하지 마, 무슨 그런 말을 짜장면집에서 해.

옆 테이블의 학생들이 자리에서 일어나며 우리 곁을 우르르 지나갔다.

—야, 너 어제 〈개그콘서트〉 봤냐?

—안 봤어.

—왜 안 봐. 졸라 재밌어.

—지랄, 내 맘이다.

학생들은 내가 앉은 의자에 몸을 부딪치며 밖으로 나갔다. 할머니는 짜장면을 젓가락으로 듬뿍 들어올리더니 말했다.

─병원에 가서 다 확인했어. 수술이고 뭐고 다 소용없고 의사가 그냥 먹고 싶은 거 먹고 맘 편하게 지내라더라.

나는 젓가락을 내려놓고 물었다.

─누가 암이라고?

할머니는 대꾸가 없었다.

─누가 암이라고!

할머니가 나를 보며 혀를 끌끌 찼다.

3

베란다에 놓인 의자에 앉아 하염없이 내리는 비를 바라보았다. 창문에 맺힌 빗방울들이 수많은 구멍으로 보였다. 가족이 적어서 불행하다는 생각은 하지 않았다. 할머니와 단둘이 지내는 것에 적당히 익숙해져 있었다. 그런데 이제 우주에 홀로 남은 기분이었다. 경로를 잃어버리고 어둠 속을 떠다니는 인공위성이 된 느낌. 할머니가 창밖을 바라보며 말했다.

─암도 비 같은 거다. 비는 어디에도 내리지. 장소를 구분하지 않아.

이 와중에도 책에나 나올 법한 얘기를 늘어놓는 할머니가 원망스러웠다.

─왜 병원에 같이 가자고 하지 않았어.

─미진이 엄마가 하루 일 쉬고 같이 가줬어. 너보다 훨씬 낫지.

미진이네 아줌마는 십 년 넘게 이웃으로 산 옆집 아줌마였다. 올해 중학생이 된 미진이는 어릴 때 우리집에 자주 맡겨졌다. 미진이네 아줌마가 대형 스포츠센터에서 사무를 보느라 저녁 늦게야 퇴근을 하곤 했기 때문이다.

─네 엄마 아빠 죽었을 때 보험으로 탄 돈 하나도 안 쓰고 남겨놓은 거 너도 알지? 헤프게 쓰지 말고 알뜰하게 살림해야 돼. 옛날로 치면 벌써 시집가고도 남을 나이야.

─지금 그게 문제야. 어디가 아프면 아프다고 얘기를 해야 할 거 아니야.

─늙은이들은 암도 천천히 자란단다. 그러니까 암하고 사이좋게 같이 잘 살면 되는 거야.

할머니는 자리에서 일어나 방으로 향했다. 나는 할머니의 굽은 등을 물끄러미 바라보았다. 할머니 말처럼 노인들이 암을 품고도 꽤 오랜 시간 산다는 기사를 인터넷에서 본 적이 있었다. 암도 세포이기 때문에 젊은 사람들에 비하면 노인들은 진행이 느리다고 했다. 나는 내일 날이 밝으면 미진이 아줌마에게 전화를 해봐야겠다고 생각했다.

새벽이 다가오도록 잠이 오지 않았다. 베란다 창을 열자 미지근한 바람이 불어왔다. 사람은 다 죽는다. 중국집에서 할머니가 했던 말만 오래 중얼거렸다.

중국집에서 짜장면 곱빼기를 다 비운 할머니는 자신이 몇 개월 남지 않았다고 했다. 남은 시간 동안 하고 싶은 것만 하고 하기 싫은 것은 안 하겠다는 말도 덧붙였다. 무엇이 하고 싶은지 묻자 일단 케이크가 먹고 싶다고 했다. 중국집을 나온 우리는 근처 제과점에 들러 치즈케이크를 샀다. 집에 도착하자마자 할머니는 케이크를 먹고 초저녁잠을 잤다. 잠든 할머니의 주름진 입술에 발린 옅은 핑크색 립스틱이 형광등 불빛에 반짝거렸다. 나는 오래도록 할머니의 얼굴을 내려다보았다.

단것을 좋아하는 할머니는 내가 무슨 잘못을 해도 케이크나 쿠키를 사다주면 스르르 화를 풀곤 했다. 술을 먹고 연락도 없이 처음 외박을 했던 날도 도넛을 열두 개 사서 들어왔더니 문 앞에서 버럭, 소리를 지르던 할머니는 이내 도넛을 받아들었다. 블랙커피를 진하게 타서는 앉은자리에서 다디단 도넛을 세 개나 먹어치웠다. 할머니와 나는 날이 흐릴 때면 오이채를 올린 비빔국수를 해먹기도 하고, 날이 화창할 때면 전기밥솥으로 초콜릿케이크를 만들어 먹으며 하루하루를 즐겁게 보냈다. 나이 많은 노인과 단둘이 산다는 건 근원을 알 수 없는 묘한 불안감을 안고 살아야 하는 것이었지만 그래도 행복한 나날들이었다.

할머니는 자칭 '신식'이라 잔소리도 거의 하지 않았다. 나와 나란히 누워 팩을 하거나 아이돌그룹을 보고 환호하기도 했다. 할머니는 특히 몸이 여자보다 여리여리한 보이밴드를 좋아했는데, 그들이 눈에 힘을 주고 카메라를 보며 열창할 때면 갓 구운 쿠키처럼 모락모락 김이 나는 것 같다며 텔레비전 앞으로 바짝 다가서곤 했다.

언젠가는 노인대학에서 만난 남자친구를 집으로 데리고 와 나를 난감하게 한 적도 있었다. 키가 크고 얼굴에 검버섯이 핀 할아버지였다.

두 사람은 부엌 식탁에서 마주보고 앉아 블랙커피를 마시며 좋아하는 소설에 관한 이야기를 나누었다. 노인대학 독서클럽 같은 데서 만나기라도 한 걸까. 나는 거실에 앉아 신문을 보는 척하며 연신 두 사람을 힐끔거렸다. 할머니의 곱게 묶은 머리와 화사한 꽃무늬 블라우스가 꽤나 신경을 쓴 듯한 모습이었다. 완전 꽃단장이군. 나는 괜히 삐딱하게 두 사람을 바라보았다.

할아버지가 돌아가고 난 뒤 내가 주책이라고 하자 할머니는 사뭇 진지한 얼굴로 대답했다.

─사랑하고 사랑받는 건 몇 살을 먹어도 좋은 법이야.

율이 때문에 애가 타던 나는 그때 속으로 오만한 생각을 했다. 사랑이란 감정은 새파랗게 젊을 때 다 소모해버리고 싶다고. 노인이 되어서까지 그런 건 겪고 싶지 않다고 말이다. 내가 생각하는 노년이란 내면의 피부가 아주 두꺼워서 무슨 일을 겪어도 흔들리지 않고 초연한 상태라고 생각했다. 나는 일생일대의 사랑 같은 건 젊은 시절에 모조리 다 겪어버리겠다고 다짐했다. 혈기왕성한 섹스를 젊은 시절 실컷 해버리고 몸속이 텅 빈, 어떤 감정에도 동요하지 않는 노인이 되겠다고 말이다. 아마도 그때 할머니가 내 생각을 알았다면 철모르는 소리라고 틀림없이 비웃었을 것이다.

비가 점점 거세지고 있었다. 날카로운 것에 긁힌 흠집 같은 빗방울이 금세 창을 뒤덮었다. 사선 모양의 빗줄기도 사정없이 그어졌다. 세상이 홀로그램처럼 몇 개의 이미지로 겹쳐 보였다. 불현듯 부모님의 장례식이 떠올랐다. 아직 초등학생이었던데다가 꽤나 오래 지난 일이

어서 드문드문 강렬한 장면만이 머릿속에 사진처럼 남아 있었다. 조화니, 향이니 그런 것들의 이미지가 떠올랐다 지워지길 반복했다.

쓸데없는 생각에 마음이 복잡해진 나는 자리에서 일어나 방으로 향했다. 컴퓨터 전원을 켜고 의자에 웅크려 앉았다. 잠시 뒤 모니터 화면이 밝아지자 나는 검색창을 띄우고 암에 관한 정보를 찾아보기 시작했다. 면역력 향상에 좋은 야채수와 암 진행을 막는다는 신개념 항암제인 효소, 항산화를 돕는 비타민요법 등등. 마음만 간절하고 아는 건 부족해서 모든 기사들을 지푸라기라도 잡는 심정으로 정독했다. 노트에 중요한 것들을 메모하고 다시 기사 읽기를 반복하다보니 어느새 새벽이 되었다.

잠시 의자에 등을 깊숙이 기대고 숨을 돌렸다. 정보도 중요하지만 일단 돈을 벌어야 하지 않을까. 하다못해 할머니가 먹고 싶은 거라도 맘껏 사주기 위해서는 돈이 필요했다. 할아버지가 남겨준 작은 아파트와 얼마의 재산 덕분에 할머니와 나는 그럭저럭 생활을 유지하고 있었다. 하지만 할머니에게 매달 조금씩 건네는 생활비를 벌기 위해 쉬지 않고 아르바이트를 해야만 했다. 나는 얼마 전에 끝낸 단기 아르바이트를 대신할 일을 당장 찾아보기로 했다. 경력이 필요하거나 출퇴근하기에 너무 먼 곳의 일을 제외하고 아르바이트를 찾으려니 쉽지 않았다. 아픈 할머니를 두고 집과 멀리 떨어진 곳에서 일을 해야 하는 건 내키지 않았다. 끝없이 스크롤이 내려가고 수없이 인터넷 페이지가 넘어갔다.

한참 동안 머리를 박고 모니터를 살피던 나는 한 모집공고를 더블

클릭 했다. '들어주는 사람'이라는 회사였다. 상세설명에는 무엇이든 들어드립니다. 라는 회사 모토가 궁서체로 적혀 있었다. 수습사원을 모집하고 있었는데, 기본 보수 이외에도 할당량에 따라 보너스가 지급된다고 했다. 집에서 이십 분 거리라는 것도, 일이 대부분 야간에 몰려 있다는 것도 맘에 들었다. 낮에 시간을 쓸 수 있으면 할머니와 여러 가지를 함께할 수 있을 터였다. 어린 시절부터 힘쓰는 거 하나는 남자 부럽지 않다는 말을 들어왔던 나는 주저 없이 지원해보기로 했다. 무엇인가를 들어주고 옮겨주는 단순하고 명확한 일이 지금 나에게 필요한 것인지도 몰랐다. 나는 지원서를 작성해 이메일로 보냈다.

4

　연립주택가 사이에 위치한 자주색 타일벽의 상가건물 이층. 나는 간판도 없는 회색 문 앞에 서 있었다. 〈들어주는 사람〉의 사장이 알려준 주소대로라면 이곳이 맞았다. 나도 모르는 새 조금 긴장했는지 손바닥에서 땀이 배어나왔다. 바지 위에 손바닥을 눌러 땀을 닦은 뒤 옷매무새를 매만지고 노크를 했다. 조심스럽게 문을 열고 몇 걸음 들어선 나는 주변을 살피며 주춤거렸다. 그때 키가 족히 이 미터는 될 것 같은 거구의 남자가 다가와 대뜸 악수를 청했다.
　―〈들어주는 사람〉에 온 걸 환영하네. 남성훈이라고 하네. 그냥 남사장이라고 불러.

목소리가 꽤나 호쾌했다. 사십대 중후반쯤으로 보이는 얼굴과는 다르게 초등학생이나 입을 법한 건담로봇 티셔츠를 입은 모습이 인상적인 남자였다. 이마에 깊게 새겨진 주름과 애티가 나는 티셔츠가 묘한 대조를 이뤘다. 물이 적당히 빠진 청바지와 새것처럼 하얀 나이키 운동화에도 차례로 눈길이 갔다. 남사장은 나에게 소파에 앉으라고 권하고는 직접 차를 준비 했다. 거대한 몸 때문인지 찻잔이며 스푼이 미니어처처럼 느껴졌다. 전기주전자에서 물 끓는 소리가 들리더니 곧 남사장이 차 두 잔을 가져와 소파테이블 위에 올려놓았다.

따끈한 유자차였다. 한여름에 유자차라니. 황당한 생각이 들었지만 막상 마셔보니 차의 농도가 입맛에 딱 맞아 나도 모르게 스르르 경계심이 풀렸다. 유자차를 한 모금 마신 남사장이 입을 뗐다.

─자네 말이야.

벌써 면접이 시작된 건가. 나는 허리를 곧추세우고 긴장했다. 침을 꿀꺽 삼켰다.

─자네는 엄마가 좋은가, 아빠가 좋은가?

나는 유자차가 담긴 컵을 손에 쥐고 멍하니 남사장의 얼굴을 바라보았다. 남사장이 나지막한 목소리로 다시 물었다.

─엄마랑 아빠 중에 누가 더 좋으냐고.

나는 설마 농담이겠지, 농담일 거야, 농담일 수밖에, 하는 마음으로 어색하게 웃어 보였다. 하지만 남사장은 대답을 기다리는 듯 고개까지 쭉 빼고 나를 뚫어져라 쳐다보았다. 잠시 침묵이 흘렀다.

─글쎄요, 일곱 살 이후로는 안 받아본 질문이라.

나는 얼버무리며 유자차를 들이켰다. 단 내음이 입안에 퍼졌다. 남사장이 무슨 말이라도 꺼내주길 바랐지만 그는 두 손바닥을 마주 비비며 나를 향해 미소를 지을 뿐이었다. 나는 혹시 이것이 특별한 면접의 일종이 아닐까 생각했다. 요즘 대기업 면접에서 유행하는, 창의적인 답변을 끌어내기 위한 난센스 질문 같은 것. 재빨리 머리를 굴렸다. 무언가 기발한 대답을 생각해내야만 했다. 하지만 질문 자체가 워낙 유치해서인지 아무런 것도 떠오르지 않았다. 무거운 것을 들어주는 데 대체 엄마, 아빠가 왜 등장해야 하는가. 나는 한참 동안 대답을 하지 못한 채 결국 유자차만 다 마셔버리고 말았다.

유심히 나를 지켜보던 남사장이 두 손을 짝, 소리나게 마주치며 활짝 웃어 보였다. 마치 모기라도 잡는 모양새였다.

—옳거니! 일단 자네는 들어줄 자세는 되어 있군. 합격이야! 합격!

나는 영문을 모른 채 고개를 숙여 꾸벅, 감사의 인사를 했다. 합격이란 단어가 말초신경을 마구 간지럽 태우듯 자극적으로 들렸다.

남사장이 원한 건, 재치 넘치고 반전이 있는 그런 기발한 대답이 아니었다. 남사장은 대답을 하는 태도를 눈여겨본 것이었다. 질문을 던지자마자 기다렸다는 듯 대꾸를 하는 사람이나 자신의 생각이 틀림없다는 태도로 딱 잘라 대답을 하는 사람은 〈들어주는 사람〉에 입사시키기 힘들다고 했다. 누군가의 이야기를 들어주기 위해서는 일단 말을 하기에 앞서 잠깐 동안 침묵할 줄 알아야 한다고 남사장은 강조했다. 이를테면 여백의 미가 느껴지는 사람이라고나 할까. 즉각 대답하지 못하고 차 한 잔을 힘겹게 다 비우는 나는 유능한 사원으로서의 가능성이 충분했다.

—무거운 걸 들어주는 게 아니라 이야기를 들어주는 거라구요?

내 질문에 남사장은 이를 드러내고 흐흐, 하고 웃어 보였다.

—무엇이든 들어주는 거지.

—누구의 이야기를요?

—누구의 이야기든지.

남사장은 나에게 A4용지 한 장을 건네주었다. 나는 얼떨떨한 기분으로 나열된 내용들을 읽어내려갔다.

〈들어주는 사람〉회원가입 수칙

1. 홈페이지에서 신청서를 작성한다.

　　1) 통화를 원하는 요일

　　2) 통화를 원하는 시간

　　3) 전화를 받을 본인의 휴대폰 번호

　　4) 전화를 받을 때와 끊을 때 듣고 싶은 멘트

2. 1번의 사항들을 적은 뒤 전화 횟수에 따른 한 달 회비를 선불로 입금하면 가입이 완료된다.

3. 회원가입 절차가 끝나면 어떤 이야기든 들어준다.

4. 단, 전화를 끊기 전에는 서로 'Bye'라는 인사를 나눈다.

남사장이 설명을 덧붙였다.

─자네는 밤에 하는 전화들 중 일부를 담당해주면 돼. 사실 고객의 구십 퍼센트 이상이 밤에 통화하는 걸 원해. 이유는 잘 모르겠지만 아무래도 퇴근을 한 뒤나 주변 분위기를 조용히 가라앉히고 혼자 있을 때 통화하는 걸 바라기 때문이겠지. 가끔씩 낮에 통화하기 원하는 고객들도 있는데 그 수요는 나 혼자서도 충분히 감당할 수 있어.

설명을 들을수록 어리둥절한 기분이었다. 사기라도 치려는 건지, 행여 피라미드회사 같은 건 아닌지 의심도 들었다. A4용지를 신중하게 들여다보던 나는 남사장에게 물었다.

─왜 전화를 끊기 전 'Bye'라고 말해야 하죠?

─아무리 깊은 이야기를 나누고 난 뒤에도 'Bye'라는 말로 인사를 하고 나면 기분이 가벼워지거든. 가벼운 기분으로 통화를 마무리하는 건 우리를 위해서도 고객을 위해서도 꼭 필요한 일이야.

사장은 진지한 표정으로 나를 쳐다봤다. 여하튼 돈을 투자하라거나 옥장판이나 정수기 같은 물건을 사라는 얘기는 나오지 않았다. 남사장은 나에게 휴대폰을 하나 주었다.

─당장 오늘부터 근무하도록 하지. 이 휴대폰으로 고객들에게 전화를 하게 될 거야. 열 통 남짓이니 아마도 꽤 바쁘게 통화를 할 걸세. 어떤 고객들은 늦은 새벽에 통화를 원하기도 해서 잠을 설쳐야 할 때도 있을 거고. 하지만 일을 잘할수록 담당고객 수도 늘려주고 보너스도 줄 생각이니 열심히 해보게. 일단 한 달 정도 사무실에 나와서 전화를 받아보고 들어주는 일이 익숙해지면 집에서 근무를 해도 좋아.

휴대폰을 손에 들고 있는 것만으로도 묘한 기분이 들었다. 남사장의 말만으로는 일이 정확히 이해되지 않았다. 하지만 보수가 좋다는 점과 일이 익숙해지면 집에서 근무를 할 수 있다는 점이 마음에 들었다.

남사장은 나에게 일단 저녁을 먹고 오라고 권했다.

—누군가의 이야기를 들어준다는 게 생각보다 기운을 많이 필요로 하거든. 들어주는 것도 뱃심으로 하는 거야.

나는 사무실을 나와 근처 식당으로 들어갔다. 생선구이 정식을 시켜놓고 고민에 빠졌다. 아르바이트 경험이 쌓이면서 나는 어떤 일을 하건 큰 의미를 두지 않고 몸을 움직였다. 편의점 점원과 주차요원, 카페 종업원을 하면서 수많은 사람들을 대하다보니 서비스 직종에서 받는 스트레스에 대해서도 웬만큼 무뎌졌다. 몇만원짜리 밥을 먹고 테이크아웃 커피를 손에 쥔 채 주차비 몇천원은 낼 수 없다고 우기는 백화점 고객들에게도 끝까지 돈을 받아낼 자신이 있었다. 하지만 들어주는 일이라니. 얼굴을 보지 않고 고객을 상대하는 일은 처음이었기에 어쩐지 자신이 없었다. 도대체 어떤 사람들이 돈까지 지불하고 이야기를 한단 말인가. 짐작이 가지 않았다. 남사장은 어쩌면 나에게 생각할 시간을 주느라 밥을 먹고 오라고 한 것인지도 몰랐다.

생선살을 바르던 나는 숟가락으로 밥을 퍼서 입안 가득 밀어넣었다. 이런저런 핑계를 들며 고민을 해봐도 일을 거절할 이유를 찾을 수가 없었다. 기본급으로 제시한 돈도 나쁘지 않았다. 사이즈가 어정쩡하거나 디자인이 촌스러운 유니폼을 입고 일하지 않는 점도 마음에 들었다. 지금까지 경험한 바로는 아무리 생소한 일도 일주일이면 자

연스레 몸에 익기 마련이었다. 나는 더이상의 고민을 접어두고 부지
런히 밥을 먹었다.

저녁을 먹고 사무실로 돌아오자 남사장이 나에게 고객명단을 주
었다.

—나는 고객을 이름으로 기억하지 않아. 애초에 고객이 자기 이름
을 알려주는 경우도 드물지만. 그래서 나름의 이니셜로 고객들을 기
억하지. 일단 첫 통화를 한 뒤 상대에게서 느껴지는 직감적인 분위기
로 이니셜을 정해.

남사장이 준 명단에는 스무 명 남짓한 고객이 적혀 있었다.

—통화를 하고 나면 빈칸에 고객과의 통화시간과 통화내용을 간단
히 기입해주면 돼.

나는 남사장이 말하는 것들을 뇌 속에 흡수하듯 빨아들였다. 일을
빨리 익히기 위해서는 규칙을 제대로 숙지해야만 했다.

—자, 그럼 첫 통화를 시작해볼까. 아무리 설명해도 직접 겪어보지
않고는 알 수가 없지. 오늘은 워밍업으로 서너 명하고만 통화해봐.

—당장 지금부터요?

—음, 이제 곧 H고객에게 전화를 해야 할 시간이야. 거기 명단에
번호가 나와 있지?

명단에 적힌 번호를 확인한 나는 마음을 가라앉히려 노력했다. 등
골이 바짝 서는 기분이었지만 심호흡을 하고 첫 고객에게 전화를 걸
었다. 고객이 휴대폰에 등록해놓은 통화 연결음은 슈베르트가 작곡
한 〈송어〉였다. 서울 외곽의 한 레스토랑에서 나올 법한 음악이 한참

을 흘러나오고 고객이 전화를 받았다. 목소리로 봐서는 중년의 남자인 듯했다. 그는 전화를 받자마자 흐느끼기 시작했다. 전화를 받기 전부터 울고 있었던 건지도 모를 일이었다. 처음 듣는 남자의 울음소리에 나는 무척이나 당황스러웠다. 심장이 두근거렸다. 간신히 입술을 벙긋거렸지만 목소리가 나오지 않았다. 그러는 동안에도 남자의 울음은 계속되었다. 내가 휴대폰을 내려놓으려 하자 남사장이 쪽지 한 장을 건넸다.

　　발신번호가 떴는데도 고객이 전화를 받은 것은 통화를 원하고 있다는 확실한 신호!

　나는 명단에 '전화를 받았을 때 처음으로 듣고 싶은 멘트'로 적혀 있는 문장을 읽었다.
　ㅡ오늘 하루는 어땠어요?
　수화기 너머로 잠시 침묵이 흐르더니 다시 흐느끼는 소리가 들렸다. 보이지는 않지만 그는 크게 터져나오려는 울음을 간신히 참고 있는 것 같았다. 나는 그의 흐느낌이 잦아들길 기다리며 책상 위 탁상시계를 물끄러미 바라보았다. 그리고 얼마쯤 시간이 흐르자 다시 한번 물었다.
　ㅡ오늘 하루는 어땠어요?
　잠시 침묵을 지키던 그가 입을 뗐다.
　ㅡ오후 네시쯤 어머님이 돌아가셨어요.

무슨 말을 해야 할지 난감한 나는 왼쪽 손바닥을 쫙 편 뒤 엄지손가락부터 천천히 구부리며 다섯을 센 다음 말했다.

—그런 일이 있었군요.

나의 말에 그는 조금 웃는 것 같기도 하고 한숨을 쉬는 것 같기도 했다. 산소호흡기를 뗀 게 잘한 건지 모르겠다는 둥, 살아 계시는 동안 잘하지 못한 게 후회가 된다는 둥의 이야기를 이어나갔다. 술에 취한 것처럼 끊어질 듯 말 듯 중얼거리던 그는 다시 울먹이기 시작했다. 불현듯 할머니 생각이 떠오른 나는 목이 메어 그에게 아무 말도 건네지 못하고 탁상시계 속 초침만을 바라보고 있었다. 그는 한참 동안 어머니에 관한 이야기를 계속 했다. 어린 시절의 특별했던 일화나 입학식, 졸업식 때의 추억에 관해서도 말을 이었다. 남사장이 나에게 탁상시계를 들이밀었다. 어느새 정해진 십 분이 지났다. 나는 통화가 종료되어야 함을 알리기 위해 '전화를 끊을 때 듣고 싶은 멘트'를 읽었다.

—오늘 못다 한 이야기는 내일 할까요?

—네, 내일 얘기하죠.

그는 순진한 유치원생처럼 고분고분하게 내 말에 따랐다.

—Bye.

내가 먼저 끝인사를 건넸다. 그러자 그도 'Bye' 하고 작은 소리로 대답한 뒤 전화를 끊었다.

전화를 끊고 나자 한참 동안 숨을 참고 있었던 사람처럼 호흡이 어색했다. 남사장은 나에게 들어주는 소질이 있는 것 같다며 격려했다. 나는 손바닥으로 얼굴을 비비며 아직 긴장이 풀리지 않은 얼굴근육을 마구 문질렀다. 그러다 불현듯 한창 별자리에 관한 책에 빠져 있던 할머니가 나에게 했던 말이 떠올랐다.

—너는 토성의 영향 아래 태어난 별자리라 천성적으로 반응이 느리고 생각이 좀 많은 편이야.

할머니의 점성술이 영 엉터리는 아니었나보다. 피식 웃음이 나왔다. 고객이 우는 바람에 당황했다고 말하자 남사장은 그런 경우는 오히려 쉬운 케이스라고 했다.

—일단 전화를 받자마자 우는 사람들이 난이도가 가장 낮다고 보면 돼. 그들은 위로를 받으려는 게 아니야. 그저 수화기 너머 자신의 울음소리를 들어줄 사람이 존재한다는 사실만으로 만족하지. 통화 내내 울기만 하는 사람, 울면서 자신의 사연을 뒤죽박죽 늘어놓는 사람, 잠시 울다가 마음을 다잡고 스스로를 위로하며 내일부턴 힘을 내겠다고 외치는 사람. 여하튼 그들은 자신의 역량을 최대한 발휘해서 정해진 시간을 자율적으로 유용하게 사용하지. 자네는 그저 그들의 이야기를 '들어주는 사람'이면 충분해. 오히려 조심해야 할 사람들은 과장스러울 정도로 즐겁게 전화를 받는 사람들이야.

나는 남사장의 말을 머릿속에 단단히 새겼다. 남사장이 나에게 시범을 보인다며 스피커폰을 틀어놓고 통화를 했다. 남사장의 통화는 능숙하고 명료했다. 감정을 드러내지 않는 담담하고도 차분한 목소리로 고객들을 응대했다. 남사장은 고객에게 세심한 주의와 관심을 보이면서도 적당한 선 이상의 참견은 하지 않았다.

남사장의 통화가 끝나고 내가 몇 통의 전화를 더 했다. 그중 자신을 오십대의 주부라고 묻지도 않은 소개를 한 고객은 아파트 장터에서 산 시금치 이야기, 계절이 바뀌면서 꺼낸 얇은 이불 이야기, 남편을 위해 구입한 종합영양제 이야기, 윗집에 누가 이사를 왔는지 사다리차 소리로 시끄러웠던 이야기 등 특별할 것도 없는 일상의 이야기를 이십 분간이나 늘어놓았다. 나는 네, 네, 하고 중간중간 짧은 대답을 했을 뿐이었다. 일부러 돈까지 내고 그런 평범한 이야기를 하는 게 의아스러웠다. 내 쪽에서 별말을 하지 않아도 알아서 자신의 이야기를 주절주절 해주는 게 더 편한 건지도 몰랐다.

통화가 어느 정도 마무리되자 남사장은 나에게 들어주는 DNA가 있는 것 같다며 칭찬을 아끼지 않았다. 내일도 저녁 무렵 사무실로 나오라고 당부했다. 남사장의 칭찬에 민망해진 나는 어색한 웃음을 지으며 휴대폰을 반납했다. 휴대폰을 받은 남사장이 자리에서 일어나 콧노래를 부르며 대걸레로 바닥을 닦기 시작했다. 거대한 키 때문에 원근감이 무뎌질 정도였다. 나는 고개를 살짝 숙이고 사무실을 나왔다.

밤이 내려앉은 주택가 거리는 고요했다. 주변의 건물들은 모두 오층 정도 되는 다세대 주택들이었다. 하늘이 시야를 넓게 차지하고 있었다. 밤하늘을 올려다본 게 얼마 만일까. 한창 어두운, 무척이나 성그러운 밤이었다. 밤의 유년 시절을 목격한 기분이었다. 하얀 고양이 한 마리가 발밑 바로 근처를 빠른 속도로 지나갔다. 놀란 나는 그 자리에 멈춰 섰다가 다시 걸음을 옮겼다. 어쩐지 다리가 무거웠다. 대충 걸쳐신은 운동화 끌리는 소리가 골목에 울렸다. 고객과의 통화내용도 뒤죽박죽으로 머릿속에 떠올랐다. 차라리 편의점 야간 아르바이트를 알아볼걸 그랬나. 단지 들어줬을 뿐인데 귀가 아니라 온몸이 여기저기 쑤셨다.

잠깐 선 채로 목과 어깨를 풀어준 후 가방에서 휴대폰을 꺼냈다. 부재중 전화는 한 통도 없었다. 나는 미진 아줌마 번호를 찾아 통화버튼을 눌렀다.

미진 아줌마는 몇 번이나 미안하단 말을 했다.

—너희 할머니가 어디 보통 분이시니. 너한테 알리지 말라고 완강하게 당부하시는데 내가 당해낼 재간이 있어야지.

무언가 치료해볼 수 있는 방법이 없느냐고 묻자 미진 아줌마는 눈물을 훔치는 듯 잠시 말을 멈추고는 입을 뗐다.

—병원에선 그나마 다행이라고 하더라고. 식사도 잘하시고 통증도 없는 편이라 최대한 마음 편히 지내도록 하라면서. 낮에 전화드렸는데 우거짓국이 드시고 싶다고 하시더라. 내가 내일 시장에 들렀다 가보려고 해.

잠자코 미진 아줌마의 말을 듣던 나는 고맙다는 말을 하고 전화를 끊었다.

5

—마트에서 아르바이트를 할 거야.

나는 귀를 의심했다. 율이는 별일 아니라는 듯 냉장고에서 코카콜라를 꺼냈다.

─마트라니, 새로 생긴 대형마트?

내 질문에 율이는 응, 하고 짧게 대꾸하고는 콜라캔 꼭지를 땄다. 그리고 빨대를 꽂아 콜라를 조금씩 빨아먹었다. 천연덕스러운 율이의 표정에 나는 어이가 없었다.

─어머니는 아시는 거야?

─아니.

─개미슈퍼는 어쩌려구.

─더이상 백원만, 하듯 사랑을 구걸하긴 싫어. 사색과 갈망의 시대는 끝났어. 돈을 벌어서 여행을 갈 거야.

율이 어머니가 들으면 충격이 클 터였다. 넉 달 동안 식사도 거르면서 대형마트 입점 반대모임에 참여하고 있는데 심지어 아들이 그 대형마트에 취직을 한다니, 그곳에서 일을 하고 월급을 받겠다니. 배신도 이런 배신이 없었다.

─갑자기 무슨 심보야.

율이는 콜라캔을 구기며 개미슈퍼에 있으면 못 보는 게 너무 많다고 했다. 어머니의 사랑을 갈구하느라 연애할 상대도, 밤거리의 오물도, 주식시장도, 최신형의 스마트폰도, 의학적 신기술도 모두 놓치고 있다고 했다.

─그런 걸 봐서 뭐하는데.

─다들 그런 걸 보고 살아.

─그래서 마트에선 뭘 할 건데.

—몰라. 시키는 건 다.

대화가 더해질수록 어긋나기만 했다. 나는 냉장고로 가 유통기한이 지난 우유를 꺼내 단숨에 비웠다. 목구멍부터 아랫배까지 차가운 기운이 찡하게 울렸다. 율이가 평상에 몸을 누이며 말했다.

—개미슈퍼에서 넉 달을 보내면서 내가 세상에 대해 새롭게 알게 된 사실은 딱 한 가지밖에 없어.

—그게 뭔데?

—〈여섯시 내 고향〉이란 프로그램이 여섯시 정각에 시작하지 않는 다는 사실.

어이가 없어 대꾸할 말이 떠오르지 않았다. 율이에게 〈들어주는 사람〉에 대해 이야기하려고 슈퍼에 들른 터였다. 점심이라도 같이 먹으면서 아르바이트에 대해 말하려고 했다. 그런데 율이가 선수를 쳤다. 율이는 언제부터 마트에서 일하려고 마음먹었던 걸까. 매일 평상에 누워 뭔가를 끄적거리더니 오늘은 그마저도 하지 않았다. 언젠가 율이는 자신이 소설가가 될 운명에 처한 것 같다고 했다. 읽고 또 읽다 보니 어느새 그런 기분이 들었다고. 아니 그보다 더 근원적인 이유가 있다고 했다. 율이는 어머니의 관심을 받기 위해 숙명적으로 이야기를 지어내기 시작했던 것이다.

오 남매의 생계를 책임지느라 항상 바빴던 율이 어머니는 율이는 물론이고 자식들의 이야기를 차분히 들어줄 시간이 없었다. 그럼에도 율이는 학교에 다녀오면 어머니에게 다가가 하루 동안 겪었던 일을 상세히 이야기했다. 다정한 눈빛으로 자신의 이야기를 들어주길 기대했지만 어머니는 슈퍼에서 물건을 팔거나 부업으로 받아온 작업들을 하기에 바빠 율이의 말에 일일이 답을 해줄 겨를이 없었다. 아니, 율이가 이야기를 하고 있는 것조차 인식하지 못할 때도 많았다. 율이 말고도 네 명이나 되는 아이들이 어머니에게 달려들어 조잘거리는 게 다반사여서 율이의 말은 시끌벅적한 소란에 묻혀버릴 때가 많았다. 할 수 없이 율이는 나름의 방법을 고안했다. 이야기를 과장해서 각색하기 시작한 것이다. 예를 들면 아침에 학교 가는 길에 비가 많이 왔다는 말을 이런 식으로 변형했다.

—엄마, 오늘 학교 가는 길에 나무가 다 부러지고 급기야 전봇대가 쓰러지더니 사람들이 굉음을 지르면서 도망쳤어요.

다소 자극적인 이야기에 어머니는 일하던 손을 멈추고 아니, 왜? 하며 반응을 보였다. 그제야 율이는 어머니를 보고 배시시 웃으며 학교 가는 길에 비가 아주 많이 왔거든요, 하고 대답했다. 어머니의 관심을 끌기 위해 율이는 다채로운 스토리텔링의 '등굣길 이야기'를 창조해냈다. 율이의 이야기짓기는 그렇게 시작되었다.

나는 등을 돌려 누운 율이에게 말했다.

—나도 아르바이트 구했어.

—무슨 아르바이트?

—무엇이든지 들어주는 일이야. 그리고…… 우리 할머니가 암이래.

율이가 고개를 틀어 나를 물끄러미 바라봤다. 잠시 침묵이 이어졌다. 나방 한 마리가 냉장고 근처로 와 북슬북슬 털이 난 날개를 퍼덕거렸다. 율이가 몸을 일으켜 앉으며 물었다.

―어떡할 거야?

율이의 질문에 나는 우유를 한 모금 마시고 평상으로 가서 앉았다.

―미진이 아줌마랑 통화해봤는데 좀 어려울 것 같아. 병원에서 별다른 치료를 권하지 않는데. 병이 그렇게 진행된 거치고는 식사도 잘하고 통증도 없으니 병원에선 오히려 운이 좋은 케이스라더라.

율이는 자리에서 일어나 냉장고로 가서 우유를 하나 꺼내 마셨다. 먼저 먹은 콜라와 섞여 속이 이상했는지 주먹으로 가슴을 두어 번 치고는 트림을 내뱉었다. 잠시 딴청을 부리는 건 속이려는 게 아니라 나를 위하기 때문이다. 나는 율이의 그런 점이 좋았다. 율이가 나에게로 다가와 앉으며 내 목뼈를 지그시 눌렀다. 그 손길에 아득히 노곤해졌다. 부드럽고 평온했다. 율이가 손가락을 떼며 말했다.

―도울 일이 있으면 뭐든지 말해.

나는 율이의 갈색 눈동자를 응시했다.

―율아.

―응.

―화환 말이야. 장례식장에 그거 하나도 없으면 좀 쓸쓸하겠지?

―갑자기 화환은 왜.

―그냥. 할머니 돌아가시면 내가 상주인데…… 나는 취직도 못해서 소속된 회사가 없잖아. 화환 같은 거 아무 데서도 보내주지 않겠지.

―그게 걱정돼?

우습지만 할머니의 장례식을 생각하면 그것부터 걱정됐다. 사람들은 화환으로 사회적인 위치와 유대감 같은 걸 평가하지 않는가. 화환 하나 없는 허전한 장례식장을 상상하면 할머니에게 미안한 생각이 들었다. 패잔병이 된 기분이었다.

—걱정 마. 내가 마트에서 아르바이트 열심히 해서 스무 개 정도 보내줄게. 보내는 곳 이름을 다 달리해서.

우물 밑바닥 같은 침묵이 내려앉았다. 나는 다시 율이의 이름을 불렀다.

—율아.

—응?

율이는 항상 대답을 잘했다. 마치 누가 불러주기만을 기다리는 사람처럼.

—그러지 말고 다시 그림을 시작해보는 게 어때? 너 제법 소질이 있잖아.

율이는 대답 대신 슈퍼 문을 열고 밖으로 몸을 반쯤 내밀었다. 초여름의 햇볕이 한 치의 양보 없이 길고 마른 율이의 몸에 내리쬐었다. 마치 햇살을 받고 자라듯 율이는 하늘을 향해 두 팔을 쭉 뻗었다. 게으른 듯 곡선으로 휘어진 몸이 눈부셨다.

—돈 벌어서 엄마 호강시켜드릴 거야. 여행도 보내드리고.

어머니에 대한 율이의 마음은 항상 이랬다저랬다 했다. 애정도 증오도 아닌 기묘한 감정. 언젠가는 엄마가 죽을 거라 생각하면 숨이 잘 안 쉬어진다며 갑자기 울음을 터뜨린 적도 있었다. 율이의 퇴행적 행동에 질려버릴 때도 있었지만 그래도 나는 그런 율이가 싫지 않았다.

다 큰 남자가 어깨까지 들썩거리며 엄마, 엄마, 하고 우는 모습을 보면 나도 모르게 카타르시스를 느꼈다. 때로는 힘껏 포옹해주고 싶은 모성애도 샘솟았다. 어쩌면 율이에게서 내 모습을 보는 건지도 몰랐다.

6

저녁 여덟시 사십분. 사무실 소파에 깊숙이 기대앉아 고객에게 전화를 걸었다. 통화 연결음으로 요란한 최신가요가 흘러나왔다. Baby, I'm so lonely, lonely, lonely, lonely, lonely. 나는 다시 한번 고객 정보를 확인했다. 가입한 지 일주일밖에 되지 않은 고객이었는데 일요일을 제외한 모든 요일에 통화를 신청한 터였다. 통화시간도 다른 사람들에 비해 꽤나 긴 삼십 분이라는 시간이었다. 노래의 후렴구가 세 번 반복됐을 때 고객이 허겁지겁 전화를 받았다.

—여보세요!

앳되고 활기찬 여자의 목소리였다. 주변에서 시끄러운 음악소리와 목소리들이 들려왔다. 나는 그녀가 작성한 인사멘트를 말했다.

—와썹, 베이비!

—오늘 정말 최고야! 완전 내 스타일!

그녀는 새된 소리로 꺅, 하고 환호를 했다. 그러다가 옆사람이 무슨 말이라도 걸었는지 그 말에도 연신 대꾸를 했다.

—이 라이더재킷 말이야. 드디어 어제 구입했어, 어때?

갑자기 엉뚱한 질문을 해서 당황하면 그녀는 내가 아닌 주변사람들과 이야기를 하는 중이었다. 나는 뒤엉켜서 들리는 많은 목소리들 중에 그녀의 목소리만을 골라 듣느라고 휴대폰을 귀에 바짝 붙였다. 간간이 그녀의 말을 놓쳐 못 알아들었지만 그녀는 그다지 신경을 쓰지 않는 것 같았다.

한참 동안 즐거운 이야기가 오고갔다. 그녀는 유머와 센스가 넘쳤다. 유행하는 개그프로그램도 줄줄이 꿰고 있었다. 계속되는 명랑한 분위기와 우스갯소리에 긴장이 풀어진 나는 큰 소리로 웃음을 터뜨렸다. 그런데 갑자기 그녀가 싸늘한 목소리로 물었다.

—웃어?

당황한 나는 아니, 저는 그냥, 얘기가 재미있어서, 하고 얼버무렸다. 그녀는 날카로운 목소리로 다시 물었다.

—내가 웃겨?

진땀이 났다. 나는 더듬더듬 그녀에게 사과를 했다. 그러자 그녀는 갑자기 왜 사과를 하는 거냐며 차갑게 말했다. 경멸과 분노가 느껴지는 말투였다. 나는 두 손으로 휴대폰을 쥐고 남사장을 바라보았다. 남사장은 내 표정만으로도 심상치 않은 상황이 일어났음을 감지했다.

남사장이 나에게 쪽지를 건넸다.

이제 통화를 끝내야 할 시간!

남사장은 그녀의 고객정보지를 나에게 내밀며 '전화를 끊을 때 들고 싶은 멘트'를 볼펜 끝으로 가리켰다.

나는 간신히 감정을 누르고 그녀에게 말했다.

—아이 러브 유어 스타일!

지금 상황에 전혀 맞지 않는 말이었지만 그녀는 금세 밝은 목소리로 Bye, 하고 끝인사를 했다. 나는 기어들어가는 목소리로 Bye, 하고 대꾸했다.

전화를 끊고 나자 영혼이 다 빠져나가버린 기분이었다. 남사장이 나를 다독이며 위로했다.

—괜찮아, 나도 상대하기가 쉽지 않은 고객이었거든. 난이도로 치자면 별 네 개 정도랄까. 약속한 시간을 다 채운 것만으로도 자네의 재능은 충분히 증명되었어.

다음 통화를 한 고객은 정해진 이십 분 동안 '구덩이' 이야기만 했다.

—다섯 살 때였지. 나는 어디론가 걸어가는 중이었어. 그러다 구덩이 하나를 발견했지. 직경 일 미터 정도 되는 구덩이였어. 그러니까 그 구덩이는…… 얼핏 보기에도 꽤 깊어 보였는데, 시커먼 음영이 드리워져 속을 알 수가 없었어. 바라보는 것만으로도 불길한 기분이 들었지만 이상하게도 눈을 뗄 수가 없었어. 나는 구덩이 주변을 맴돌며 힐끔거리기만 했지. 아마도 두려웠던 것 같아. 그 구덩이가…… 때때로 그 구덩이가 떠오르곤 해. 이유를 알 수 없이 마음이 술렁거릴 때, 바로 옆에 사람이 있는데도 혼자인 것처럼 느껴질 때, 결혼식장에서 종이 꽃가루를 맞으며 퇴장하는 신랑 신부의 행진을 지켜볼 때, 늦은 밤 가로등빛 아래 쓰레기봉지를 뒤지는 새끼 고양이를 마주했을 때

도. 불현듯 그 구덩이가 떠올라. 속수무책으로 구덩이 생각에 사로잡 힌다고…… 그러니까 그 구덩이 속에……

마치 준비된 랩을 선보이듯이 주절주절 이어지는 고객의 말에 나는 동조도 위로도 하지 못하고 그저 입만 헤, 벌리고 있었을 뿐이었다. 정 확한 뜻은 알지 못하지만 대충 뉘앙스로 이해해야만 하는 외국어를 듣 고 있는 기분이었다. 상대의 제스처나 목소리, 표정을 가지고 알아들 어야만 하는 낯선 언어. 나는 최대한 오감을 곤두세우고 고객의 말을 들었다. 고객은 나의 노력을 아는지 모르는지 구덩이 얘기를 계속하다 가 약속된 시간이 되자 알아서 Bye, 하고 인사를 한 뒤 전화를 끊었다.

남사장이 나에게 유자차를 건네며 말했다.

—방금 통화한 고객은 비교적 상대하기 쉬운 편이야. 일주일에 세 번 통화를 원하는데, 그때마다 혼자서 구덩이 이야기를 하며 시간을 다 쓰지. 듣기 좋은 꽃노래도 한두 번이라고 아마 주변 사람들이 더이 상 구덩이 이야기를 들어주지 않으니까 〈들어주는 사람〉에 가입한 것 같아. 벌써 가입한 지도 일 년이 넘어가고 별다른 대꾸를 하지 않아도 구덩이 이야기로 알아서 시간을 다 채우니까 우리 쪽에서는 어찌 보 면 우수고객이라고 할 수 있지.

그뒤로도 통화는 계속 이어졌다. 고객들은 저마다 다양한 이야기를 했다. 한 고객은 통화 내내 행복하냐는 질문만을 반복했다. 무려 이백 번을 넘게 말이다. 상대에게 진심으로 질문을 할 요량이었으면 아마 도 대답할 시간을 주었을 테지만 그 고객은 대답할 틈을 전혀 주지 않 았다. 그저 행복하니? 라는 질문을 앵무새처럼 반복할 뿐이었다. 그것도 전혀 행복하지 않은 목소리로. 나는 통화 내내 미미한 헛구역질을 느끼며 간신히 휴대폰을 붙들고 있었다.

잃어버린 아들을 찾아달라는 고객도 있었다. 자신을 올해 쉰 살의 철물점 주인이라고 소개한 여자는 이 주 전 아들이 실종되었다며 아들을 꼭 좀 찾아달라고 거듭 부탁을 했다. 내가 경찰서에 연락을 해보라고 하자 경찰서에서 일단 실종신고를 받아주긴 했지만 단순가출로 취급하고 있다고 억울함을 호소했다. 여자는 아들의 휴대폰으로 전화를 하면 신호는 가는데 자꾸만 누군가 전화를 받았다가 바로 끊어버린다면서 아들이 납치되었거나 위험한 상황에 처해 있는 것 같다고 울먹거렸다. 놀란 내가 지인들에게 모두 연락을 해보고 경찰서에도 다시 한번 찾아가보라고 적극적인 충고를 시작하자 사장이 나에게 쪽지 한 장을 내밀었다.

상대에 대한 **적당한** 주의와 관심!

'적당한'이라는 글씨가 크고 짙게 강조되어 있었다. 나는 자세를 바로잡고 네, 여러 가지로 힘드시겠네요, 하며 '적당한' 위로의 말을 건넸다. 그러자 여자는 속상해죽겠어, 내가 어떻게 키운 아들인데, 하면서 아들이 어린 시절에 얼마나 착한 아이였는지를 강조했다. 아들이 고등학교에 올라가면서 친구를 잘못 사귀더니 엄마가 철물점 하는 것도 창피해하고 그러다 몰래 금고도 털어갔다면서 이야기를 이어나갔다. 나는 '적당한 주의와 관심'이 얼마나 중요한지 몸소 체험했다.

통화가 모두 끝난 것은 열두시가 가까운 시간이었다. 남사장은 다음 통화까지 잠깐 여유가 있다며 이제부터는 자신이 맡겠다고 했다. 생각보다 들어주는 일에 적응을 잘하고 있다며 나에게 칭찬을 아끼지 않았다. 아무래도 남사장은 칭찬이 좀 과한 스타일 같았다.

—처음 사업을 시작했을 땐 자네보다 훨씬 들어주는 일을 못했어. 적당한 주의와 관심의 정도를 지키지 못해서 때로 깊은 대화를 시도하려 하기도 하고 시답지 않은 충고를 건네기도 하고. 그럴 때마다 고객들은 불같이 화를 내거나 위선 떨지 말라며 우울한 목소리로 나를 원망했지. 길에서 만나면 죽여버리겠다고 협박한 고객도 있었어. 경험이 쌓이다보니 지금처럼 자연스럽게 들어주는 일이 가능하게 된 거야. 내가 강조하는 '적당한 주의와 관심'은 고객에게나 우리에게나 아주 중요한 문제야. 우리는 그들이 자발적으로 하고 싶은 이야기를 하도록 그저 '들어주는 사람'이면 되는 거야.

남사장이 찻잔을 손으로 감싸며 말을 이었다.

—전화통화는 대부분 밤에 이루어지기 때문에 낮에는 한가한 편이야. 〈들어주는 사람〉홈페이지에 들러 새로운 고객 가입 여부와 불만사항을 체크하는 정도의 일만 처리하면 되지.

—불만사항이 많은가요?

남사장은 고개를 저었다.

—게시판은 거의 변화가 없는 편이야. 사이트를 찾는 사람들은 그저 자신의 이야기를 들어달라는 것 외에는 별다른 요구사항이 없어. 누군가와 이야기하는 것은 인간에겐 너무나 보편적인 일들 중 하나이

기 때문에 새삼 강조할 필요는 없지. 하지만 세상에는 돈을 지불하고 서라도 자신의 이야기를 들어줄 사람을 찾는 사람들이 있어. 그런 사람들이 우리를 찾아.

문득 예전의 일이 떠올랐다. 고등학교 일학년 겨울방학식날, 나는 눈이 내리는 거리에 무작정 서 있었다. 일부러 작정하고 그런 것은 아니었다. 그저 걸어도, 걸어도 집으로 가고 싶은 생각이 들지 않았다. 하는 수 없이 나는 길거리 한가운데에 석상처럼 멈춰 서 있었다. 공교롭게도 백화점 앞이었다. 거리는 다가올 크리스마스를 준비하는 불빛들로 반짝이고 있었다. 가로수는 꼬마전구로 화려하게 장식되어 있었고 곳곳에서 캐럴이 울려퍼졌다. 공기는 살이 에일 정도로 차가웠고 바닥 곳곳이 빙판이었다.

추운 날씨 때문인지 사람들은 걸음을 재촉하며 나를 지나쳐갔다. 모두 상기된 얼굴로 삼삼오오 이야기를 하거나 누군가와 전화통화를 하고 있었다. 평소와 달리 나는 사람들의 말소리가 귀에 거슬렸다. 서로를 꼭 껴안고서도 큰 소리로 떠들며 지나가는 커플들의 목소리는 특히 더 시끄럽게 느껴졌다. 말소리가 정확히 들린다기보다는 거친 소리덩어리로 느껴졌다. 나는 귀를 막고 발바닥으로 뿌리를 내린 듯 꼼짝하지 않았다.

얼마나 그렇게 서 있었는지 모르겠다. 몸과 마음이 시리게 얼어붙었다. 아무도 나에게 말을 걸지 않았다. 많은 사람들이 내 어깨를 스쳐지나갔지만 그들은 나의 이름을 모른 채 떠났다. 아니, 내게 말을 걸어온 단 한 사람이 있었다. 까만색 기지바지에 남색 오리털점퍼를 입은 남자였다. 그는 입술을 한쪽만 추켜올려 묘한 미소를 지으며 빠른 걸음으로 나에게 다가왔다. 그리고 악수를 청하며 이렇게 말했다.

—학생, 영혼이 참 맑아 보이네요.

나는 오래도록 눈을 맞추며 그에게 부모님에 대해 이야기했다. 그는 조상의 노여움이 내 인생을 힘들게 하고 있다며 제사를 지내야 한다고 했다. 내가 제사를 지내려면 어떻게 해야 하느냐고 묻자 그가 되물었다.

—가진 돈이 모두 얼마인가요?

그는 그 거리에서 나에게 유일하게 말을 걸어준 사람이었다. 나는 그를 따라가 가진 돈을 다 털어 제사를 지내고 절을 올렸다. 돌아오는 길엔 차비가 없어 한참을 걸어야 했다.

스스로도 왜 그랬는지 알 수 없었던 과거의 내 모습이 조금쯤 이해가 되는 것 같았다. 그때는 이해할 수 없었던 내 감정이 마치 만질 수 있고 볼 수 있는 구체적인 사물처럼 분명하게 느껴졌다.

7

일주일 만에 만난 율이는 살이 조금 빠진 모습이었다. 마트에서 간장을 판매하고 있다고 했다. 짐을 옮기거나 상품을 배치하는 일을 맡을 줄 알았는데 의외였다. 원래는 간장회사에서 판매원들이 파견돼 나오는 게 정석인데, 인력이 부족해 간장회사에서 직접 교육을 나온 것이었다. 상품과 관련된 교육을 받고 멘트를 달달 외운 율이는 곧바로 간이판매대로 배치되었다. 율이는 낮에는 마트에서 일을 하고 밤에만 개미슈퍼를 지켰다. 어머니에게는 과 동기들과 함께 새로운 설치작품을 구상하고 있다고 둘러댄 모양이었다.

─하루에 똑같은 멘트를 오천 번은 하는 것 같아. 목구멍이 찢어지는 느낌이야. 백 퍼센트 콩으로만 만든 양조간장인데, 타 회사 혼합간장과의 차이점을 목청이 터져라 외쳐야 하는 게 내 일이지.

월급은 짭짤하다고 했다. 다만 같은 말을 하루종일 반복해야 하는 게 고역일 뿐. 율이는 자리에서 벌떡 일어나 연극이라도 하듯 멘트를 외쳤다.

─어머님! 백 퍼센트 순수 양조간장입니다. 간장에 김을 찍어 맛보세요! 여기 혼합간장과는 차원이 다른 아주아주 고소하고 순한 간장이 있습니다!

판매는 생각보다 꽤 잘되는 모양이었다. 아마도 주부들은 훤칠한 율이의 겉모습을 보고 별 뜻 없이 다가와 간장에 김을 찍어 먹어보고는 아유, 고소하네, 이거 하나 줘요, 하고 간장을 샀을 거 같았다.

─판매가 잘되는 게 무척 신나다가도, 이러다 내 정체성이 '간장 판매왕'으로 굳어져버리는 건 아닐까 조금 두렵기도 해.

율이는 정말로 두려운 듯 진지한 표정이었다. 목뼈라도 눌러줘야 할까 망설이고 있는데 율이가 어깨까지 들썩이며 말했다.

─참! 나 여자친구 생겼어.

갑작스런 화제 전환에 나는 얼빠진 표정으로 뭐? 하고 물었다.

―커피믹스 판매담당 아르바이트생인데 나보다 네 살 어려.

헤벌쭉 웃고 있는 율이의 얼굴을 보니 애가 탔다. 언제나 그랬다. 율이는 여자친구가 생겼다는 말을 항상 갑자기 했다. 눈꼬리가 처진, 인상이 부드러워 보이기도 하고 어딘지 모르게 바람둥이처럼 보이는 웃음과 함께. 그런 율이를 보고 있으면 나는 허기가 졌다. 애정에 목말랐다. 걸신이 들린 것 같았다. 손을 뻗으면 닿을 거리. 하지만 잡을 수도 만질 수도 없다. 율이는 나를 한순간에 들뜨게도 하고 한없이 무기력하게도 만들었다. 율이 앞에서 나는 그저 고분고분한 노예에 불과했다. 아니 거절당한 방문객이 된 기분이었다. 굳게 잠긴 문 앞에서 밤이 새는 줄도 모르고 짖어대는 개가 된 느낌. 나는 율이의 싱글벙글하는 얼굴을 보며 비아냥거렸다.

―아주 즐거워 보이네.

율이의 연애선언에 내가 보이는 반응은 비슷비슷했다. 흥미로운 듯 맞장구를 치거나 관심 없다는 듯 시큰둥해하거나. 가끔씩 율이가 너무 들떠 있을 경우엔 빈정거리며 사악하게 굴 때도 있었다.

―그렇지만도 않아. 마트 일이 생각보다 바빠서 얼굴 마주치기도 힘들어. 밤에는 개미슈퍼도 지켜야 하고.

―너 말이야, 원래 커피는 마시지도 않는 주제에. 좀 이율배반적이지 않아?

내가 생각해도 어처구니없는 말이었다. 율이의 눈꼬리가 다시 처졌다.

―왜 그래. 너답지 않게.

율이가 대형마트에서 일하는 것도, 그곳에서 여자친구를 만난 것도 모두 마음에 들지 않았다. 궁합도 안 본다는 네 살 차이 여자친구와 마트에서 마주칠 때마다 저렇게 사람 녹이는 웃음을 짓겠지. 그리고 일이 끝나면 아마도 여자친구와 공원에 마주앉아 간단한 요기를할 거야. 여자친구는 율이에게 아, 해보라며 음식을 입에 넣어줄지도 모르고, 그러다 가만히 손을 잡기도 하고, 서로의 몸을 더듬거리며 키스를 하기도 하다가, 율이가 여자친구의 몸에서 풍기는 좋은 냄새에 이성을 잃고, 그 달달하고 파르르한 감각에 팔에 난 솜털이 일제히 일어서고, 둘 사이가 말릴 수 없이 뜨거워지면 결국엔 콘돔을 사러 가서……

망상은 마지노선도 없었다. 이런 나를 잘 아는 할머니는 비겁한 사람이 쓸데없는 생각을 잘하는 법이라고 했었다. 나는 어디까지 바보인 걸까. 근육이 마비된 것처럼 얼굴이 마구 일그러졌다.

—할머니는 어떠셔?

율이의 질문에 나는 억지로 얼굴근육을 풀며 대답했다.

—그냥, 매일 토마토 갈아 마시고, 버섯도 볶아먹고, 브로콜리도 삶아먹고, 병원에는 절대 안 가겠다고 고집이고, 노인대학도 빠지지 않고 꼬박꼬박 나가고. 어떤 때는 나보다 기운이 넘쳐 보여.

—다행이네.

거짓말을 한 건 아니었다. 다만 조마조마한 내 상태를 말하지 않을 뿐이었다. 나는 요즘 〈들어주는 사람〉 사무실에서 퇴근해 집으로 돌아오면 밤새 몇 번이나 할머니 방을 순찰했다. 할머니 방문을 최대한 소리가 나지 않게 열고 들어가 할머니가 정말 자고 있는 건지, 숨은 쉬고 있는 건지 할머니 코끝에 손가락을 가져다 대곤 했다. 따뜻하고 규칙적인 호흡이 느껴지면 그제야 안도의 한숨을 쉬고 내 방으로 돌아와 잠깐씩 눈을 붙였다. 다행히 할머니는 노인치고는 잠이 무척 많은 편이었다.

율이는 마른오징어를 한 마리 가져와 다리를 쭉 찢어 나에게 건넸다. 그러고는 다리 하나를 더 찢어 자신의 입에 넣고 오물거렸다. 느긋해 보이는 율이를 물끄러미 바라봤다. 헐렁한 검은 티셔츠가 율이의 마른 몸에 잘 어울렸다. 한참 동안 빨지 않은 오래된 리바이스 청바지도 율이의 긴 다리를 더욱 돋보이게 했다. 보는 눈을 즐겁게 애무하는 존재다. 나는 스스로에게 중얼거렸다. 단단히 홀렸군. 정말이지 속절없이 아름답다. 율이를 둘러싼 사소한 옷가지들조차 나를 황홀하게 만든다. 당장 율이와 몸을 꼭 붙이고 싶다. 열 손가락으로 율이의 몸 구석구석을 만지고 싶다. 얼굴과 목을, 어깨와 등, 허리를. 몸의 깊은 곳으로부터 콜타르처럼 끈적거리는 욕망이 자연스럽게 솟아오른다. 단지 율이를 바라보고 있는 것만으로도 몸의 중심이 이리저리 흔들리는 기분이었다.

나는 멋대로 증식하는 욕구를 차곡차곡 접어서 내면의 주머니 속에 넣어버렸다. 지금 율이에게 고백을 한다면 얼마간은 행복할지도 모른다. 하지만 율이는 다른 여자들에게 그랬던 것처럼 곧 나에게도 싫증을 낼 것이다. 그렇게 이별을 하게 되면 서로 얼굴을 보는 것도 서먹해지고 만나는 횟수도 점점 줄어들어 결국엔 살았는지 죽었는지도 모르는 사이가 될 게 뻔했다. 잠깐의 절정을 위해 평생 율이를 볼 수 있는 기회를 놓칠 수는 없었다. 모든 절정은 끝나게 되어 있다는 사실을 나는 오래전에 깨달았다.

초등학교 육학년 겨울방학, 평소처럼 하루종일 바깥에서 활개를 치고 논 나는 집으로 향하고 있었다. 어린 시절 나는 또래 여자아이들보다 성장이 더뎠다. 곧 중학교 입학을 앞두고 있었지만 외모로 보면 초등학교 사학년 정도로밖에 보이지 않았다. 그럼에도 성격이 활발해서 남자아이들과 어울리는 시간이 많았다. 그날도 남자친구들과 학교 운동장에서 놀다가 저녁때가 다 되어서야 집으로 돌아가는 길이었다. 옷에서 풍기는 쾨쾨한 냄새가 좋아서 왼쪽 어깨에 코를 박은 채로 걷느라 가끔씩 걸음이 엇갈렸다. 어깨에서 나는 녹슨 철봉 냄새, 귤빛으로 물든 하늘, 코끝이 빨개지도록 차갑고 맑은 공기. 비현실적일 만큼 완벽한 저녁이었다. 아마도 지금 이 순간이 내 인생의 절정이겠지, 하는 초등학생이 하기엔 노회한 생각이 들 만큼. 방학 내내 즐거웠지만 그날은 왠지 특별히 더 즐거운 것 같아 웃음이 실실 새어나올 정도였다. 기분이 좋아진 나는 점점 붉어지는 하늘을 바라보며 한 발로 깽깽이를 하고 뛰기 시작했다.

집 앞까지 집요하게 깽깽이로 도착한 나는 엄마를 놀라게 하려고 살금살금 집안으로 들어섰다. 하지만 저녁밥 냄새로 가득해야 할 집안은 적요하기만 했다. 기묘한 정적이었다. 아무 소리도 들리지 않았지만 보이지 않는 무언가로 꽉 찬 듯한 분위기였다. 불안한 기분이 든 나는 창밖을 바라보았다. 해가 지기 직전이었다. 외계인이라도 출몰

할 듯 하늘이 빨갛게 물들어 있었다. 나는 텔레비전 화면을 보듯, 꼼짝 않고 그 풍경을 바라보았다. 거대한 붉은 에너지에 숨이 막힐 것만 같았다. 나는 눈을 꼭 감고 숫자를 센 뒤 천천히 눈을 떴다. 잠깐 사이 하늘은 짙은 푸른색으로 바뀌어 있었다. 어두운 거리와 집들이 그림자처럼 허망하게 느껴졌다.

한순간 만 년이 흐른 것 같았다. 방금 전까지의 좋은 기분은 온데간데없이 사라지고 알 수 없는 기분이 나를 사로잡았다. 주변의 모든 것들이 아스라이 사라져가는 기분이었다. 불길한 꿈속 같은 기분에 나는 발바닥으로 바닥을 쿵쿵 딛고 손바닥을 세게 마주비벼보았다. 구체적인 감촉이었다. 그것은 분명히 내 발, 내 손이 맞았다. 두려운 마음에 나는 힘껏 소리쳤다. 엄마! 하지만 그 목소리는 누군가 전혀 모르는 사람이 대신 발음하고 있는 것처럼 들렸다. 그때 누군가 뒤에서 내 어깨를 잡아당겼다. 돌아보자, 할머니였다. 할머니는 일그러진 얼굴로 나를 껴안으며 오열했다.

과거란 참 묘했다. 그것은 지나간 한때가 아니었다. 그것은 언제나 나와 함께 있었다. 진하고 기다란 그림자처럼, 일종의 저주처럼 내 발끝에서 떨어지지 않았다. 그날 이후로 나는 절정 이후엔 반드시 공포에 가까운 공허함과 슬픔이 따라온다는 나름의 법칙을 갖게 되었다. 물론 그것은 과장되고 어설픈 감정에 불과한 것인지도 몰랐다. 나는 불안한 사춘기를 겪고 있었고 마침 그날, 부모님의 죽음을 경험하게 되었던 것이다. 하지만 그 부정확한 감정들의 뒤섞임은 내 안의 깊은 곳에서 나만의 사유를 만들어냈다. 그리고 시간이 흘러도 그 이상의 사유를 진행하지 못한 채 몸만 쑥쑥 성장해갔다.

그날 이후로 나는 가슴이 설레는 일이 생길 때면 그것이 오래가지 못하고 처참히 끝나버릴까봐 불안해하곤 했다. 어리석은 생각이라는 걸 알면서도 그때의 경험에서 벗어나기가 쉽지 않았다. 아슬아슬한 어둠 속에서 느꼈던 섬뜩한 차가움, 할머니의 젖은 얼굴에 함부로 흔들리며 들러붙던 검은 머리카락. 모든 축제는 결국 끝나버린다는 공포감, 결국 아무도 남지 않을 거라는 두려움에 나는 몸을 떨었다. 모든 것은 떠나버린다. 시들어버린다. 영원한 것은 아무것도 없다. 오징어를 질겅거리는 율이의 옆모습을 보며 생각했다. 너도 언젠간 나를 떠나겠지. 하지만 내가 고백하지 않으면 결코 그럴 일은 없을 거야.

8

—자네도 혹시 〈들어주는 사람〉에 무언가 이야기하고픈 충동을 느낀 적이 있지 않은가?

남사장의 질문에 물을 마시던 나는 컵을 내려놓고 글쎄요, 하고 얼버무렸다. 김치찌개 냄새가 그득한 낡은 식당. 남사장과 저녁을 먹기 위해 들어온 터였다. 냉방이 되고 있지만 실내는 습도가 높아 후텁지근했다. 남사장은 이곳이 돼지고기 김치찌개를 끝내주게 잘하는 집이라며 나를 데려왔다.

—나는 말이야, 한때 집밖으로 나오지 않았어. 그러니까, 하루나 이

틀이 아니라 무려 삼 년간.

갸름한 얼굴의 종업원이 쟁반에 반찬을 담아가지고 다가왔다. 상위에 김치와 오이무침, 계란말이와 멸치볶음, 삶은 메추리알이 차례로 놓였다.

—젊은 시절, 지인에게 사기를 당해 사업에 실패하고 한동안 술에 절어 살았지. 하루도 빠지지 않고 클럽에 갔어. 그 클럽은 말이야, 뇌속까지 울릴 정도로 요란한 음악소리와 사람들이 내뱉는 말소리가 뒤섞여서 한참 시간을 보내다보면 스스로가 누구인지조차 잊어버릴 만큼 머리가 마비돼버려. 아무도 자신의 상처나 슬픔을 드러내지 않지. 그저 마시고 또 마실 뿐이야. 그러던 어느 날, 문득 모든 것들이 나를 덮치고 죽일 것 같은 환상을 보게 되었어. 나는 더이상 클럽은커녕 밖으로 나가지도 못하게 되었지. 자발적으로 집안에 갇혀 한 발짝도 나가지 않았어.

종업원이 김치찌개를 가져왔다. 가스버너에 올려진 김치찌개는 감칠맛 나는 냄새를 풍기며 끓어올랐다. 남사장이 국자로 김치찌개를 퍼서 내 앞에 놓으며 말을 이었다.

—일주일에 한 번 집으로 음식을 가져오는 친구가 있었는데 그 녀석이 집에 올 때면 나는 방으로 들어가 문을 잠그고 꼼짝 않고 있었어. 문에 귀를 바짝 대고 있다가 친구가 가는 소리를 듣고야 방에서 나오곤 했지. 그렇게 삼 년간 친구가 놓고 간 인스턴트 음식이나 우유, 조리하지 않은 두부덩어리 같은 걸 먹으면서 집안에만 있었어.

—그런데 어떻게 집밖으로 나오게 된 거죠?

사장은 허허, 이거 들어주는 사람의 자세가 아니지 않은가, 그렇게 급하게 묻다니, 하고 웃어 보였다. 성급한 질문을 했다는 생각에 나는 얼굴이 화끈거렸다.

—농담이네, 서로 얼굴을 안 보고 있는 상태면 모를까, 상대를 앞에 두고 대화를 하면서 들어주기만 하는 건 생각보다 정말 힘든 일이지.

사장은 찌개에 든 돼지고기와 김치를 건져 먹고는 엄지를 추켜올렸다.

—음, 역시 제대로야, 이 집 돼지고기 김치찌개는 정말 최고라니까.

나는 숟가락을 들어 국물을 떠먹었다. 뜨거운 국물이 식도를 타고 흘러내렸다. 사장이 어때? 하고 묻는 듯 어깨를 으쓱하더니 이야기를 계속했다.

—결론부터 말하자면 음식을 가져다주던 그 녀석 때문에 집에서 나오게 되었어. 그 녀석은 클럽에서 알게 된 친구였는데 자세한 사정은 모르지만 나만큼 술을 많이 마셨거든. 심각한 얼굴로 구석에 앉아서 때때로 코데날을 다량으로 삼키기도 했어. 코데날은 약국에서 손쉽게 구입할 수 있는 감기약의 일종인데 마약성분이 소량 함유되어 있어서 한꺼번에 많은 양을 먹으면 기분이 묘해지지. 의식이 몽롱해지고 온몸이 이완되기 시작하면 주체할 수 없이 침을 질질 흘리면서도 웃음을 멈추지 못해. 그 녀석과 나는 코데날을 상습적으로 복용했었어. 그런데 내가 집안에 숨어버리자 녀석은 내가 시키지도 않았는데 내 냉장고를 채워주었어. 물론 처음엔 녀석이 사다주는 음식에 손도 대지 않았지만, 나중에는 자연스럽게 냉장고를 열고 음식을 꺼내

먹었지.

나는 어느새 밥 먹는 것도 잊은 채 남사장의 이야기에 빠져들었다.

─그 녀석 말이야. 나에게 음식을 가져올 때마다 편지를 남겼어. 처음에는 편지를 펼쳐보지도 않고 구겨서 버렸지만 시간이 지나자 호기심이 생겨 읽기 시작했지.

사장은 잠시 말을 잇지 못하고 고개를 숙인 채 무언가를 생각하는 듯했다.

─자신의 이야기였어. 짧게 조금씩 속내를 내비치던 편지는 나에게 전달되는 횟수가 더해질수록 깊은 내용을 담기 시작했어.

남사장이 숟가락을 내려놓더니 자신의 품안에서 무언가를 꺼냈다.

─그 녀석이 남긴 마지막 편지야.

나는 남사장이 건네는 편지를 받아들었다.

나는 매일 침대에 누워 하루종일 누군가로부터 전화가 오기를 기다려. 전화벨이 울리기를 기다리며 집안 곳곳을 걷다가, 시간이 지나면 발가락으로 걷다가, 발꿈치로 걷다가, 바닥에 닿지도 않는 발의 중심으로 걸어보려 하다가, 한참을 그러다가, 전화기가 있는 쪽으로 가서 수화기를 귀에 대보고, 아무 소리가 나지 않는다는 걸 깨닫고, 혹시 먼지가 많이 쌓여 고장이라도 난 걸까 싶어서 베개의 한 귀퉁이를 찢어, 그것으로 수화기에 묻은 먼지를 닦다가, 이것만으로 안 되겠다 싶어 면봉에 세제를 묻혀서 꼼꼼히 닦다가, 말하는 곳 듣는 곳에 뚫린 구멍들도 하나하나 집요하게 닦아내다가, 문득 전화기에 달린 전선을 눈으로 쭉 따라가 보고서야 플러그가 뽑혀 있다는 걸 깨닫고, 뽑힌 플러그를 이 분정도 내려다보고는, 다시 침대로 가서, 귀퉁이가 찢어진 베개에 머리를 기대고, 어린아이처럼 몸을 웅크리고 울고는, 다음날이면 또다시 전화가 오기를 기다려.

남발한 쉼표 때문이었을까. 마치 숨을 헐떡이며 말하는 사람의 이야기를 들은 기분이었다. '적당한' 주위와 관심 같은 건 적용하기 힘든, 간절한 내용이었다. 쪽지에서 옅은 담배 냄새가 나는 것 같기도 했다. 남사장은 다시 쪽지를 품안에 넣으며 말했다.

—내가 죽인 거나 다름없어. 녀석이 음식을 가져왔을 때 문을 열고 얼굴을 마주했다면, 아니 짧은 답장만이라도 남겼더라면 녀석은 죽지 않았을지도 몰라. 삼 년이야. 무려 삼 년 동안 나에게 신호를 보냈는데……

분위기가 숙연해졌다. 남사장과 나는 고개를 숙이고 각자 조용히 생각에 잠겼다.

—허허, 이거 내가 괜한 얘기를 꺼내서 분위기가 말이 아니구먼, 그러지 말고 어서 들어요, 어서.

나는 숟가락을 들었다. 남사장이 내 어깨를 두드리며 말했다.

—나는 평생 들어주는 일을 과업으로 삼고 살면서 속죄해야 되지만 자네는 적당한 때에 일을 그만둬도 돼. 이 일이 생각보다 감정노동이 심하거든. 스트레스도 만만치 않고 때때로 견딜 수 없이 우울해질

때도 있지. 할 수 있을 때까지만 열심히 해줘.

나는 입안에 밥을 밀어넣으며 고개를 끄덕였다.

─아 참, 오늘로 일한 지 딱 한 달째지? 아르바이트비는 계좌로 입금해줄게.

남사장은 땀까지 흘려가며 연신 김치찌개 국물을 떠먹었다. 나도 부지런히 젓가락을 움직였다.

밥을 다 먹고 사무실로 돌아온 남사장은 여느 때처럼 콧노래를 흥얼거리며 유자차를 타기 시작했다. 나는 소파에 앉아 고객명단을 체크했다. 남사장 말대로 오늘까지 통화를 하고 나면 일을 시작한 지 꼭 한 달이 되는 터였다. 들어주는 일에도 조금쯤 익숙해진 것 같았다. 이제는 남사장의 코치가 없어도 대부분의 고객과 자연스럽게 통화가 가능했다. 고객들의 성향도 어느 정도 파악이 되었다.

시계를 확인하고 명단을 살폈다. 첫번째 고객은 매 통화마다 혼자서 구덩이에 대한 이야기만 반복하는 남자였다. 남사장은 그를 K라고 불렀지만 나는 그를 '구덩이'로 기억했다. 휴대폰을 열고 버튼을 눌렀다. 신호가 몇 번 울리자마자 그가 전화를 받았다. 나는 그가 전화를 받았을 때 듣고 싶다고 작성한 문장을 말했다.

─당신에게 구덩이란?

─여덟 살 때였어. 집 근처에 어른 키를 넘는 깊이의 구덩이가 하나 있었지. 동네에 도는 소문이 있었는데 오래전에 누군가 그 구덩이에 빠져 죽었다는 거야. 나약한 아들을 벌하기 위해서 아버지가 아들을 구덩이에 넣고 방치했다고 했지. 소리를 지르든, 손톱을 세워 기어

서 빠져나오든 알아서 하라면서. 집으로 가기 위해서는 그 구덩이 곁을 지나야 하는데 어쩐지 나는 쉽게 지날 수가 없었어. 항상 조마조마해하면서 걸음을 옮겼지. 이상하게도 나는 구덩이 속의 그 아이를 선명히 볼 수 있었어. 여덟 살의 앳된 얼굴에 아무런 적의 없이, 그저 물끄러미, 영문을 모른 채 하염없이 하늘을 올려다보는 아이의 얼굴을. 그 아이는 살려달라고 소리를 지르지도, 벽을 긁으며 빠져나오려 하지도 않았어. 슬픔도 만족도 아닌 무표정한 얼굴로 자신의 존재를 자각하고 있을 뿐. 때때로 걷잡을 수 없이 그 구덩이가 떠오르곤 해.

그는 마치 책을 읽듯 담담하고 또박또박하게 말을 이었다. 어디서부터 진실인지 어디서부터 지어낸 이야기인지 알 수 없었지만 그런 건 중요하지 않았다. 그는 이야기하고 나는 들어주는 것으로 충분했다. 하지만 단지 들어주기만 하는 것은 생각보다 힘든 일이었다. 때때로 가슴이 답답해지며 무슨 말인가를 함부로 내뱉고 싶어지곤 했다. 나는 통화 내내 심호흡을 하며 고객에게 실수하지 않도록 스스로를 다독였다. 통화를 끝낼 시간이 되자 구덩이 고객은 알아서 이야기를 마무리하고는 Bye, 하고 착실하게 인사를 한 뒤 전화를 끊었다.

다시 명단을 확인하자 다음 고객과의 통화시간까지 이십 분 정도 남아 있었다. 소파에 몸을 기대고 반쯤 누운 채 눈을 감았다. 오로지 듣기만 해서일까. 나도 누군가에게 이야기를 하고 싶은 마음이 간절했다. 평범하고 사소한 일상의 얘기부터 마음속 깊은 곳에 숨겨놓은 얘기까지. 시계를 보자 율이의 아르바이트가 끝났을 시간이었다. 망설이던 나는 율이에게 전화를 걸었다. 컬러링으로 등록된 달콤한 가

사의 사랑노래가 흘러나왔다. 혹시 여자친구와 함께 퇴근하는 길은 아닐까. 전화를 끊으려는 찰나, 율이의 목소리가 들렸다.

—여보세요.

—뭐해?

—뭐하긴. 알바 끝나고 집에 가는 길이야.

—여자친구는?

—어, 오늘 야간까지 하는 날이래. 참, 여자친구가 언제 한번 보재. 같이 밥이라도 먹자더라. 얼굴도 예쁘면서 성격까지 좋은 건 정말 힘든 건데 말이야. 매일 일 시작하기 전에 나한테 커피도 한 잔씩 꼭 타다준다니까. 우리 언제 밥 먹을까?

—……

—왜 대답을 안 해. 참, 내가 웃긴 얘기 하나 해줄까? 오늘 마트 조회시간에 웃음치료 강사라는 사람이 와서 강의를 했는데, 강사 얼굴이 너무 험악해서 웃음이 안 나오는 거야. 수배자명단에 그려진 그런 얼굴형 있잖아. 눈썹은 새까맣게 두껍고 피부는 무언가 잔뜩 나서 우둘투둘하고 턱선이 찌를 듯 뾰족하고 게다가 눈빛은 얼마나 날카롭던지. 그런 얼굴로 입꼬리를 귀까지 찢으면서 웃으세요! 스마일! 하고 주문을 거는데 도무지 웃음이 안 나오더라구. 결국 나를 지목하면서 왜 안 웃느냐고 서비스정신의 기본을 지키라고 하는데 정말 안 웃겨서 혼났다. 하하.

나야말로 전혀 웃음이 나오지 않았다. 여자친구를 사귀는 것도 모자라 같이 밥을 먹자니. 율이는 어디까지 바보일까. 답답함과 쓸쓸함에 명치 근처가 찡하게 울렸다. 나는 간신히 입을 열어 웅얼거렸다.

─나도 같이 마트에서 일할까?

─왜, 들어주는 일이 별로야?

─아니…… 그냥, 뭐.

쓸데없는 말을 늘어놓는 내 목소리가 남의 목소리처럼 들렸다. 여자친구와 함께 밥을 먹자며 또다시 말을 꺼내는 율이에게 날씨 얘기만 늘어놓다가 전화를 끊었다.

남사장이 유자차를 테이블 위에 올려놓았다. 눈물이 날 것 같아 남사장의 티셔츠에 그려진 스머프만 노려보았다. 잔에서 김이 모락모락 났다. 잔에 입을 대고 조금 기울이자 달달함이 입안 가득 퍼졌다. 갑자기 몸속이 뜨거워지며 팬티며 브래지어며 다 젖을 듯 일시에 땀이 솟아올랐다. 몸 안에서 무언가 끓어오르고 있었다. 나는 잔을 빙빙 돌리며 중얼거렸다.

─남자친구가……

나도 모르게 그런 단어가 흘러나왔다. 어떻게 되든 상관없다는 생각이 들어 계속 주절거렸다.

─바람을 피워요.

어울리지 않게 두 손으로 가지런히 컵을 감싸고 차를 마시던 남사장이 흠, 하고 나를 쳐다봤다.

─사랑은 많은 문제를 해결하는 것 못지않게 많은 문제를 일으키지.

남사장은 더이상 별다른 말 없이 자리에서 일어나 책상으로 향했다. 서류를 뒤적거리며 흩어져 있던 것들을 정리하고는 손걸레를 빨아와 선반 곳곳을 닦기 시작했다. 거짓말인 걸 눈치챈 걸까. 굳이 꺼내지 않아도 되는 이야기를 한 것 같아 머리카락뭉치라도 입안에 들어 있는 듯 불쾌했다. 화가 치밀었다. 나는 도대체 율이와 무엇을 하고 싶은 걸까. 몸이 꽉 찰 것 같은, 활력 넘치는 섹스라면 얼마든지 다른 상대를 찾을 수 있다. 유자차가 든 잔을 바닥에 던져버리고 싶은 욕구가 치밀었다. 율이와 함께한 육 년간의 시간이 전생같이 느껴졌다.

9

할머니를 따라 들어선 곳은 사당역에 위치한 허름한 건물 삼층이었다. 서늘한 기운이 감도는 좁은 복도를 통과하자 '건강백세'라는 글자가 붙여진 유리문이 보였다. 스스럼없이 문을 열고 들어서는 할머니를 따라 안으로 들어섰다. 마이크를 통해 들리는 말소리가 쩌렁쩌렁 울렸다. 할머니와 둘이 선 채로 마이크를 잡은 여자를 쳐다보았다. 오십대 중반쯤으로 보이는 여자는 자신의 체험담이라며 온몸이 아팠던 자신이 이곳에 나오면서 어떻게 달라졌는지를 열정적으로 이야기하고 있었다. 나는 할머니 쪽으로 몸을 숙이고 조그맣게 속삭였다.

　―정체를 알 수 없는 곳이야.

지난 저녁, 눈이 피로하다는 할머니에게 소리내어 책을 읽어주고 나자 할머니는 날이 밝으면 함께 갈 데가 있다고 했다. 어딜 가려는 거냐고 묻는 내게 할머니는 그저 따라가주기만 하면 된다며 말을 줄였다. 율이 생각으로 머리가 복잡한 나는 캐묻기도 귀찮아 고개를 끄덕거렸다. 어차피 오늘밤부터는 고객들에게 사무실이 아닌 집에서 전화를 걸어도 되기에 시간적으로 여유가 많았다. 율이는 아침부터 문자로 언제 자신의 여자친구와 함께 밥을 먹을지 물어왔다. 마음 같아서는 띄어쓰기도 없이 욕지거리를 마구 보내주고 싶었지만 나는 그냥 웃는 모양의 이모티콘만 전송하였다.

입구에 선 채로 한참 동안 체험담을 듣고 있는데 진회색 양복 차림의 젊은 남자가 다가와 악수를 청하며 큰 소리로 말했다.

―막힌 곳 뚫어주고! 뭉친 곳 풀어주고! 쌓인 곳 녹여주고!

갑작스런 구호에 저절로 뒷걸음질이 쳐졌다. 할머니가 남자의 손을 잡고 흔들며 말했다.

―미진이 엄마 소개받고 왔어요. 잘 부탁드립니다.

남자는 고개를 연신 조아리며 과장되게 밝은 표정을 지었다.

―네네, 잘 오셨습니다. 환영합니다.

할머니가 나를 가리키며 말했다.

―제 손녀예요. 굳이 따라오겠다고 해서 같이 왔습니다.

―역시나 환영합니다! 여기는 건강하신 분들도 많이 오시는 곳입니다. 건강은 건강할 때 관리하는 게 가장 좋죠!

남자는 할머니와 나를 안으로 안내했다. 작은 사무실인 줄 알았던 곳이 막상 들어오자 꽤 넓어 보였다. 칸막이로 막힌 곳이 없어서 더 넓어 보이는지도 몰랐다. 왼편에는 알 수 없는 기계들에 달린 장치를 몸에 걸치고, 붙인 사람들이 앉아 있었고 오른쪽에는 장판이 깔린 침대 위에 사람들이 누워 있었다. 대부분 오십대 이상으로 보이는 사람들이었다. 앞쪽에 설치된 벽걸이 텔레비전에서는 노래방 화면과 함께 트로트 노래가 흘러나오고 있었다. 사람들은 박수를 치며 노래를 따라 부르기도 하고 떡이며 과일을 나눠 먹기도 했다.

나는 할머니 쪽으로 몸을 숙이고 조그맣게 속삭였다.

—여기 말이야, 정체를 알 것 같기도 해.

할머니 역시 작은 소리로 말했다.

—일단 따라와. 여기서 병 고친 사람이 많대.

남자는 우리에게 흰색 반팔과 바지를 주며 탈의실에 가서 옷을 갈아입고 오라고 했다. 사무실 구석에 커튼이 쳐진 공간이 보였다. 할머니와 나는 그곳에서 차례로 옷을 갈아입고 입고 온 옷은 사물함에 보관했다.

남자는 할머니와 나에게 '1'이라고 적힌, 끈 달린 번호표를 나눠주었다.

—일단 번호표를 목에 거시죠. 원래는 오신 순서대로 대기하셔야 되는데 소개를 받고 오셨다고 하니 대기 없이 첫번째로 체험하도록 배려했습니다. 여기 의자에 앉아주세요. 잠깐 동안 간단한 설명을 드릴게요.

할머니와 나는 남자가 권하는 의자에 앉았다.

—저희 센터의 제품들은 복사열 해독작용에 의한 몸속의 이온화, 알칼리화. 면역력 증가, 엔도르핀 증가의 효과가 과학적으로 입증되었습니다. 간혹 치료받으시는 도중에 온몸이 가렵다거나, 기침이 난

다거나, 몸이 오히려 무거워진다거나, 입속이 쩍쩍 갈라지듯 갈증이 나는 증상이 생기기도 하는데, 이는 모두 호전반응이라고 보시면 됩니다. 뭐라구요? 호! 전! 반! 응!

남자는 혼자서 묻고 혼자서 답했다. 할머니가 물었다.

―암환자들이 많이 찾아온다고 하던데요.

할머니의 말에 남자는 화색이 돌며 대답했다.

―네, 암 또한 우리 몸이 순환이 되지 않아 생기는 병이지요. 현대 의학에선 입증이 안 되는 많은 기적들이 이곳에선 매일 일어나고 있습니다.

나는 어깃장을 놓는 심정으로 남자에게 물었다.

―그래서, 실제로 병이 나은 사람도 있다는 건가요?

―물론이죠. 잘 걸어다니지도 못하던 할머니가 아주 쌩쌩해져서 요즘은 오토바이 타는 걸 취미로 하신다니까요. 우리는 그분을 람보 할머니라고 부르지요. 누구든 좋아질 수 있다는 게 우리의 신조입니다.

신빙성 없는 답변에도 할머니의 얼굴이 조금 밝아졌다. 나는 아무 말도 하지 않고 손바닥만 비비적거렸다.

―자자, 일단 이리로 오세요. 직접 체험하시는 것만큼 정확한 것도 없겠죠. 아직 앞의 분들이 치료기를 쓰고 계시는데 이제 곧 끝날 시간이 됐습니다.

남자가 손목시계를 확인하고 자, 체인지 타임! 하고 외쳤다. 남자의 외침에 사람들이 어깨나 발, 배에 붙은 장치를 떼기 시작했다. 온열침대에 누워 있던 사람들도 자리에서 일어나 옆자리로 옮겼다.

—이쪽으로 오셔서 앉으세요. 먼저 찍찍이를 붙이시고.

남자는 전선이 연결된 조그만 패치를 할머니의 어깨에 붙였다. 그리고 챔피언 벨트처럼 생긴 두꺼운 벨트를 할머니 배에 감쌌다. 할머니 옆자리에 앉은 나는 남자가 하는 것을 보고 우물쭈물 따라 했다. 남자가 내 쪽으로 다가와 패치와 벨트의 위치를 바로잡아주었다. 그런 다음 전선이 연결된, 정수기 비슷하게 생긴 기계의 버튼을 능숙하게 조작했다.

—처음 하시는 분들은 강도를 조금 약하게 하시는 게 좋아요. 호전반응이 강하게 올 수도 있거든요. 물론 몸에 나쁜 영향을 미치는 건 아니지만 막상 반응이 나타나면 겁을 내시는 분들이 있어서요.

할머니가 남자의 말을 가로막았다.

—저는 괜찮습니다. 좀 세게 해주세요. 그래야 치료효과가 많을 테니까요.

—네, 적극적인 자세 좋습니다. 할머님은 강도를 조금 더 올려드리고 아가씨는 약하게 해드리고. 완벽하네요.

남자가 버튼을 몇 번 누르자 패치를 붙인 곳에서 반응이 오기 시작했다. 마치 전기자극을 주는 듯 톡, 톡 튀어오르는 느낌이었다.

나는 할머니에게 작은 소리로 말했다.

—한의원에서 해본 것 같아. 잠 잘못 자서 담 왔을 때 받았던 그 저주파 전기치료.

귀가 밝은 남자가 호들갑스럽게 손을 흔들며 말했다.

—아니, 아닙니다. 원리도 효과도 전혀 다른 기계예요. 이온화, 복

사열 해독작용, 알칼리성, 엔도르핀, 면역력 증가에 있어 저희 기계는
독보적이라 할 수 있죠. 암덩어리도 녹여내고, 풀어내고, 덜어내는 작
용을 합니다. 자, 마음 편하게 먹고 치료에 집중하시죠. 한 타임이 사
십 분입니다.

어느새 할머니는 눈을 감고 깊은 호흡을 하고 있었다. 할머니의 어
깨가 호흡에 따라 천천히 오르락내리락했다. 할머니를 쳐다보던 나도
전기자극의 리듬에 몸을 맡겼다. 이렇게 된 이상 크게 해가 되지 않는
다면 치료를 받아보자고 생각했다. 들어주는 일에 익숙해지는 동안
어깨와 목에 생긴 근육통이라도 덜해졌으면 하는 마음도 있었다.

하지만 그런 다짐도 잠시. 시간이 지날수록 벨트를 댄 복부가 뜨거
워졌다. 아랫배를 자극하는 느낌도 생각보다 강렬해서 편안하게 앉아
있을 수가 없다. 시계를 보자 고작 삼 분밖에 지나지 않았다. 앞으로
삼십칠 분이 더 남았다니, 몸이 뒤틀렸다. 손톱을 물어뜯으며 다리를
떨고 있는데 갑자기 누군가의 그림자가 느껴졌다. 옅은 갈색 렌즈의
화려한 선글라스를 쓴 할머니가 내 쪽으로 바짝 다가왔다.

―게르마늄이라고 알아?

내가 네? 하고 되묻자 선글라스 할머니는 얼굴을 한껏 더 들이밀며
말했다.

―여기가 바로 게르마늄의 원조야. 게르마늄이 독일사람 이름인
건 알지? 독일 사람들이 여간 정확한 게 아니야. 그러니까 이 기계도
마찬가지라고. 아주 정확하기가 스위스 시계 이를 데 없어.

선글라스 할머니의 말은 난감할 정도로 인과관계가 성립되지 않

왔다.

—나는 서울의 유명한 병원은 안 가본 데가 없는 사람이야. 무릎
이 쑤셔서 걷지도 못하고 잇몸에서 피랑 고름이 줄줄 흘러서 한때는
냄새 때문에 말도 안 하고 지냈다고. 그런데 여기 와서 싹 다 나아버
렸어.

선글라스 할머니는 입을 벌려 보이며 검지로 자신의 입속을 가리켰
다. 나는 그 속을 들여다볼 엄두가 나지 않아 상체를 뒤로 빼며 어색
하게 웃어 보였다. 눈은 그대로인 채 입꼬리만 늘이니 파르르 근육이
떨렸다. 선글라스 할머니가 손에 든 보따리 속에서 바나나를 꺼내며
말했다.

—자, 이 바나나 하나 먹고 해. 여기 사십오 일간 무결석으로 체험
하러 나오면 게르마늄 건강 소쿠리를 주는데, 거기다 바나나를 넣어
두면 절대 날벌레가 안 생겨. 젊은 사람이 기특해서 내가 특별히 주는
거야. 옆에 할머니도 하나 드리고. 그런데 친할머닌가? 아니면 외할
머니?

나는 얼결에 바나나를 받았다. 그러자 백발의 할머니가 내 쪽으로
가래떡이 든 봉지를 내밀며 말했다.

—이거도 하나 먹어. 내가 방앗간에 가서 직접 뽑아온 떡이야. 구수
하기가 말도 못해. 이 떡 먹으려고 여기 오는 사람들도 있어.

선글라스 할머니가 코웃음을 쳤다.

—하이고야, 그깟 가래떡 먹으려고 여기 오는 사람이 어디 있어!
치료받고 건강해지려는 목적으로 오는 거지. 근거도 없는 말은 왜 해!

—아니, 왜 근거가 없어! 박씨도 그랬고, 최씨도 그랬는데. 내가 물어봐줘? 그랬는지 안 그랬는지.

—됐어! 그딴 거 물어봐서 뭐해! 과학적인 말들도 많은데 그깟 가래떡으로 처음 온 사람들한테 우습게 보일 짓을 왜 해. 실장님이 들으시면 얼마나 챙피스러하겠어.

—뭐가 어쩌구 어째? 왜 과학적이 아니야! 내가 내 쌀 가지고 직접 방앗간에서 뽑아온 떡이야. 이보다 확실한 과학이 어디 있어!

점점 언성이 높아지는 할머니들의 싸움을 몇 가닥 되지 않는 머리카락을 가지런히 이마 앞쪽으로 붙인 할아버지가 말렸다.

—아, 그만들 햐. 그러지 말고 이거들 먹어봐. 이게 영국서 온 쪼꼬렛인데, 우리 아들이 귀한 거라고 보내온 거.

할아버지의 말에 선글라스 할머니가 코웃음을 쳤다.

—하이고, 요즘 쪼꼬렛 못 먹는 사람 있나. 가게에 가면 천지로 파는 게 쪼꼬렛이여.

가래떡 할머니가 선글라스 할머니에게 타박을 주며 말했다.

—이노무 여편네야, 쪼꼬렛 자랑할려고 저러는 거겠어? 지 아들 자랑하려고 저러는 거지.

—외국 가서 코빼기도 안 보인다는 그 아들? 지 애비가 죽었는지 살았는지 관심도 없다는 아들 자랑은 뭐하러 해?

할머니들이 연신 비아냥거리자 할아버지는 자리에서 벌떡 일어나며 삿대질을 했다.

—아니, 이 할망탱이들이 노망이 들었나! 갸가 관심이 없는 게 아

니라, 일이 워낙 바빠서 그렇다니께. 알지도 못하면서 어디 찢어진 주둥이라고 함부로 말혀! 영국이 어딘지도 모르는 주제에!

─내가 영국이 어디에 있는지 알아서 뭐해! 북망산이 코앞인데 이 나이에 견문 넓히러 갈 것도 아니고!

노인들은 대화와 싸움의 중간 강도로 계속해서 말을 주고받았다. 노래방 기계 화면에서는 한류스타로 유명한 배우의 옛날 모습이 비춰지고 있었다. 파랗게 염색을 한 배우의 머리가 90년대 추억을 떠올리게 했다. 왠지 모르게 향수를 자극하는 분위기였다. 할머니는 노인들의 대화에 가끔 끼어들기도 하고 노래방 기계에서 나오는 노래를 따라 부르며 박수를 치기도 했다. 실장이라는 젊은 남자는 마이크를 들고 큰 소리로 노래를 하거나 호응을 유도했다. 때때로 노인들의 어깨를 주물러주거나 목을 껴안으며 귓속말을 하기도 했다. 나는 기계에 표시된 남은 시간을 확인했다. 십육 분. 정말이지 억겁같이 느껴졌다.

10

버스정류장에는 이십대 중반으로 보이는 남자 한 명뿐이었다. 커다란 배낭을 멘 남자는 귀에 이어폰을 꽂고 일정한 리듬으로 고개를 까딱거렸다. 할머니와 나는 정류장 벤치에 나란히 앉았다. 이마에 난 땀을 손바닥으로 꾹꾹 눌러 닦았다. 정체불명의 치료실을 나온 할머니와 나는 갈증을 달래기 위해 아이스크림을 하나씩 물고 있었다.

―내가 다시 병원에 가보자 해도 맘 편하게 지낸다며 역정만 내더니, 이런 데는 왜 와?

할머니가 어린아이처럼 혀로 아이스크림을 핥아먹으며 대꾸했다.

―사람이 어떻게 하고 싶은 것만 하고 사냐.

저만치서 버스가 다가오는 게 보였다. 정류장에 버스가 멈춰 섰다. 압축공기가 빠지는 소리가 들리고 출입문이 열리자 이어폰을 꽂은 남자가 경쾌한 걸음으로 버스 쪽으로 걸어갔다. 할머니가 그 뒤를 따랐다. 나도 할머니 뒤에 줄을 섰다. 버스에 오르는 할머니의 등이 유난히 동그랗게 말려 있었다.

할머니는 발바닥으로 계단을 누르듯 밟으며 신중히 버스에 올랐다.

―두 사람이요.

할머니가 말하자 버스기사가 버튼을 눌러 사람 수를 조정했다. 할머니가 기계에 카드를 댔다. 나도 교통카드는 가지고 있는데…… 속으로 생각했지만 입 밖으로 말하지는 않았다. 할머니는 나와 함께 대중교통을 이용할 때면 꼭 내 요금까지 챙기곤 했다. 아무리 세월이 흘러도 할머니에게 나는 물가에 내놓은 아이인 것이다. 밖에만 나오면 은근히 보호자 역할을 강조하는 할머니의 행동이 싫지만은 않았다. 스물여섯이나 먹은 내 몸속에도 율이와 마찬가지로 누군가에게 보호받고 사랑받고 싶은 작은 어린아이가 몸을 웅크리고 있는지도 몰랐다.

버스에 사람이 많아 맨 뒷좌석밖에 자리가 없었다. 할머니와 자리를 잡고 앉은 나는 갑자기 밀려오는 피로감에 의자 깊숙이 등을 기댔다. 버스 차창을 활짝 열었다. 묵직하게 느껴지는 바람이 얼굴을 후려치듯 밀려들어왔다. 물기라도 만져질 것처럼 대기가 습했다. 비라도 오려는 걸까. 어느새 우윳빛 대기가 세상을 감싸고 있었다. 나는 다시 창문을 닫았다. 버스 안에는 서로 말을 하거나 서로 대화를 나누거나 통화를 하는 사람이 없어 라디오에서 흘러나오는 광고소리만 들릴 뿐이었다.

기사 뒤에 앉은 노인은 졸고 있는 듯 고개를 앞으로 꾸벅거렸다. 정류장에서 봤던 남자는 여전히 이어폰을 낀 채 머리로 X자를 그리며 고개를 흔들었다. 두 사람의 리듬이 묘하게 일치했다.

율이는 마트에서 일하는 중이겠지. 나는 율이가 큰 소리로 외치며 간장을 팔고 있는 모습을 상상했다. 눈꼬리가 처진, 그래서 인상이 부드러워 보이기도 하고 어딘지 모르게 바람둥이처럼 보이기도 하는 웃음을 지닌 율이. 큰 키에 안 맞게 작은 손을 가진 율이. 또 그 손과는 달리 길쭉길쭉한 발가락을 가진 율이. 마음이 아팠다. 율이에게 잘못이 있다면 발가락만으로도 사람의 마음을 아프게 만든다는 것일 터였다. 곁에 있다면 마구 주먹질을 해주고 싶다. 날카로운 것으로 사정없이 찌르고 싶다. 억눌렸던 감정의 반발심일까. 율이를 좋아하는 마음을 말하지 못하고 속으로만 삭이다보니 어느새 기묘한 감정으로 숙성되고 있었다. 율이에게 아픔을 주고 싶다. 놀라서 나를 돌아보게 하고 싶다. 바닥이 안 보일 정도로 깊게 구덩이를 파서 율이를 빠뜨리고 그 사실을 혼자서만 알고 싶다. 내 감정에 냄새가 있다면 아주 시큼한 냄새일 것이다. 음흉하고 야비한 냄새. 세상이 무대라면 그리고 내가 배우라면, 신은 나를 무슨 역할로 캐스팅한 걸까. 짝사랑 때문에 미쳐버린 음흉하고 야비한 단역 정도겠지.

망상과 자기혐오를 반복하며 스스로에게 질려버린 나는 할머니를 쳐다보았다. 할머니는 아이스크림을 먹으며 라디오에서 나오는 노래를 따라 부르고 있었다.

—사랑은 하늘가에 메아리로 흩어지고.

—할머니, 나 외로워.

—그 이름 입술마다 맴돌아서 아픈데.

—할머니, 나 사랑만 받고 싶다고.

할머니는 아이스크림 막대를 흔들며 말했다.

—이 버스 안에 자신이 외롭다는 걸 아는 사람이 몇이나 될까.

—몰라.

—좋은 거야.

—뭐가 좋아, 내 마음은 너덜너덜하고 내 눈은 짓물렀다고.

—마음과 눈의 느낌을 아는 것. 그건 참 좋은 거야.

—마음과 눈의 구성성분이나 요소 같은 것 말이야?

—소중한 것을 잃고 마음에 구멍이 뚫린 것 같은 느낌, 퉁퉁 부은 눈을 하고서도 '아무 일도 아니에요'라고 미소짓는 느낌, 저 멀리 언덕을 넘으면 내가 좋아하는 사람이 손을 흔들며 나타날 것 같은 느낌, 그 사람이 웃어주는 것만으로 우주의 모든 애정을 받는 것 같은 느낌, 꼭 그 사람이어야만 하는 이유를 모아 밤새 태산이라도 쌓을 수 있을 것 같은 느낌. 그런 느낌에 흠뻑 젖는 시절을 마음껏 누려야 돼.

나는 덜컹거리는 창문에 머리를 기대고 창밖을 바라보며 물었다.

—할머니의 마음은 지금 뭘 느끼고 있어?

—암세포가 눈치를 보며 야금야금 내 오장육부를 덮치는 느낌. 하지만 내 세포들 하나하나가 역사의 한 페이지에 적힐 만큼 영리하고 슬기롭게 대처하고 있는 느낌. 아니, 벌침에 쏘이면서도 한 번 문 벌통을 절대 놓지 않고 바닥이 보일 때까지 꿀을 핥는 오소리의 강인함처럼 생명줄을 놓지 않는 세포들의 느낌.

잠시 침묵을 지키던 할머니가 활짝 웃으며 말했다.

—집에 다 왔다.

자리에서 일어나는 할머니를 따라 나도 서둘러 가방을 챙겼다. 버스에서 내리니 축축한 공기가 온몸에 와 닿았다. 할머니와 저녁에 뭘 해먹을지를 의논하며 집 쪽으로 향했다. 감자수제비와 함박스테이크 사이에서 고민하고 있을 때 집회현장에서 틀어놓은 노랫소리가 귓가에 울렸다. 주말을 맞아 대대적인 시위가 열린 것 같았다. '대형마트 입점 결사반대'라는 팻말을 든 율이 어머니가 눈에 띄었다. 몇 달 전만해도 하루하루 매출 올리기에 바쁜 평범한 슈퍼마켓 사장님이었던 율이 어머니가 여전사처럼 변해 있었다. 검게 그을린 피부와 짧게 자른 머리가 낯설게 느껴졌다. 율이 어머니 주변에서는 빨간 머리띠를 두른 시장 상인들이 대형마트 입점에 반대하는 서명운동을 하고 있었다.

할머니와 함께 율이 어머니에게 다가갔다. 구호를 외치던 율이 어머니가 할머니를 보고 다가와 인사했다. 할머니가 율이 어머니의 손을 잡았다.

—밥은 먹고 하는 거야?

—그럼요, 할머니도 잘 지내시죠? 오랜만에 뵙는 거 같네요.

—시장 옷가게 박씨가 그러던데, 다음주부터 대형마트 앞에서 천막농성 할 거라며.

—네, 상황이 그러네요. 대형마트가 많아지면 지역에 돈이 돌 수가 없으니 그렇게라도 막아보려고요. 수십 년 동안 일궈온 상권인데 하루아침에 빼앗길 순 없죠. 이레도 오랜만이다. 잘 지냈니?

나는 고개를 꾸벅 숙여 인사했다.

—안녕하세요.

—요즘 율이가 설치작업인가 뭔가 한다고 낮에는 슈퍼를 안 지켜. 내가 대충 들여다보고 있는데 시간 되면 이레 네가 좀 봐주면 좋겠다. 아르바이트비는 줄게.

—네, 그럴게요.

대형마트에서 간장을 팔고 있는 율이를 생각하자 내가 죄를 짓고 있는 듯 조마조마했다.

—도대체 율이가 무슨 생각을 하고 사는 건지 모르겠다.

율이 어머니가 머리를 절레절레 흔들며 말하기에 저야말로, 라고 말하려다가 그만두었다.

—그럼 할머니, 조심해서 들어가세요. 이레도 잘 가고.

율이 어머니는 인사를 건네고는 황급히 집회현장으로 돌아갔다.

할머니가 걸음을 옮기며 말했다.

―공룡처럼 거대해지다가 언젠가는 '펑' 소리와 함께 멸종하고 말
거야.

―뭐가?

―더 빠르고 더 부유하게 살고픈 사람들.

―다 그렇게 살고 싶어하지 않아?

―사람은 원하는 것으로부터 자기를 지킬 줄 알아야 돼.

집회현장에서 들려오는 북소리가 내 마음을 자극했다. 율이가 대형
마트에서 일한다는 말이 목에 가시처럼 걸렸다. 할머니에게라도 털어
놓고 싶었지만 집에 도착할 때까지 결국 나는 아무 말도 하지 못했다.

11

우리는 일단 신발을 벗고 나란히 앉아 해를 쬐었다. 은색 돗자리는
초여름햇살을 눈부시게 반사했고 와인과 치즈, 샌드위치가 든 바구니
가 곁에 놓여 있었다. 빽빽하게 초록 나뭇잎이 달린 가지들이 바람이
불 때마다 춤을 추는 듯 햇빛에 반짝였다. 어디선가 높은 톤으로 우는
새소리가 들려왔다. 그것은 누군가를 부르는 모스 신호처럼 일정한
리듬을 가지고 있었다. 그 리듬에 맞춰 율이의 길쭉한 발가락이 허공
에서 꼬물거렸다. 율이는 발가락까지 기분이 좋은 듯했다. 율이 여자
친구의 긴 머리카락이 가끔씩 불어오는 바람에 흩날렸다.

호수공원에서 점심을 먹자는 의견은 율이 여자친구가 제안한 것이

었다. 그녀는 야외에서 하는 모든 활동을 좋아한다고 했다. 율이처럼 기다란 그녀의 몸뚱이가 나를 주눅들게 했다. 그녀는 나의 마음을 아는지 모르는지 나에게 무척이나 친절했다. 율이는 여자친구에게 나를 가장 친한 친구, 소울메이트라고 소개한 모양이었다. 마치 남자친구의 누나나 동생을 만난 것처럼 그녀는 나에게 살갑게 굴었다.

그녀의 까맣고 동그란 눈, 장신구처럼 조그만 코와 입이 오밀조밀한 빛을 뿜어냈다. 묘하게 만화 같은 얼굴이었다. 일부러 그런 건지 바람 때문인지 만날 때부터 마구 흐트러진 앞머리가 어딘지 모르게 히피 같은 느낌도 주었다. 화장을 하지 않았는데도 볼이 옅은 핑크빛을 띠었다. 전형적인 미인이라고는 볼 수 없지만 나름의 매력이 있었다.

율이가 저 얼굴에 반했단 말이지. 그녀를 보며 나는 소름끼치는 외로움을 느꼈다. 마치 아랫도리가 다 젖은 채로 추위에 덜덜 떨며 따뜻한 기운이 넘치는 이웃집을 훔쳐보는 기분이었다. 그 집으로 다가가기 위해 걸음을 옮길수록 물에 젖은 속옷이 다리에 척척 감기며 흘러내린다. 외롭다. 곱은 손으로 힘겹게 속옷을 추켜올리면서도 외로워서 걸음을 멈추지 못한다. 나는 돗자리에 벌러덩 누워 눈을 감아버렸다. 눈을 감았는데도 그녀의 얼굴이 선명하게 그려졌다. 그녀는 쉬지 않고 재잘거렸다. 나는 모로 누워 다시 눈을 뜨고 그녀를 뚫어져라 바라보았다. 그녀는 말을 하며 머리를 이리저리 움직이고 손짓도 활발히 했다. 마치 에어컨처럼 명랑한 기운이 일정하게 뿜어져나왔다.

─언니, 있죠, 우리에겐 계획이 있어요.

그녀가 아기처럼 간질간질한 목소리로 말했다.

―간장과 커피를 팔아서 유럽으로 여행을 떠나는 거예요.

그녀의 말에 율이가 대꾸했다.

―일단 영국부터 가자.

―에엥?

―어쩐지 문학적이잖아.

―에엥? 무슨 소리야, 문학이라면 체코지. 오빠도 항상 카프카 얘기 하면서 프라하에 가보고 싶다고 했잖아.

두 사람의 대화를 들으며 차라리 잠에 빠져버렸으면 하고 간절히 바랐다. 나는 얼마나 더 많은 잠을 자야 노인이 될까. 쓸데없이 싱그러운 청춘이 성가셨다. 단번에 나이를 먹어 안타까움도 그리움도 없는, 밟으면 바삭, 하고 소리가 나는 노인이 되었으면 좋겠다. 집들이 서로 드문드문 떨어져 있는 산골에서 매일 새벽 소리없이 일어나 밭을 매고 가축을 돌보며 하루하루를 변화 없이, 똑같은 날을 사는 노인이 되고 싶다. 나무에서 떨어지는 과일만 주워 먹고 수십 년간 친구를 만나지도 않고 살다가 죽은 후에는 근처 차가운 산에 묻혔으면 좋겠다.

그러나 유감스럽게도 지금의 나는 율이에게 반쯤은 미쳐 있다. 돈이 넘치게 많다면 율이에게 세상의 모든 문학전집을 사주고 금테를 두른 원고지와 블루 사파이어가 박힌 최고급 몽블랑 만년필을 사주고 싶다. 하지만 나는 그럴 돈도 없고 율이는 나에게 그런 것을 바라지도 않는다. 그래서 나는 율이가 좋아하는 일을 함께 해준다. 율이의 여자친구가 함께한, 풀밭 위의 점심에 참석한 것도 다름아닌 율이 때문이었다.

―언니는 가보고 싶은 곳 없어요?

그녀가 앙증맞은 눈짓을 하며 나에게 물었다.

―꽤 자주 세계 곳곳을 여행하고 있는걸.

―에엥? 정말요?

말을 시작할 때마다 에엥, 하고 덧붙이는 것이 그녀의 습관인 것 같았다. 그것은 귀엽고 사랑스런 그녀의 정체성을 완결짓는 습관이었다.

―구글 스트리트로 어떤 곳이든 갈 수 있어.

그것은 내가 종종 즐기는 여행법이었다. 나는 어디론가 멀리 떠나고 싶을 때면 짐을 챙기는 대신 컴퓨터를 켰다. 그리고 구글 사이트에 접속해 지도프로그램을 열어 가고 싶은 장소를 클릭했다. 그러면 그곳의 생생한 모습이 모니터 위에 떠올랐다. 로스앤젤레스 거리를 지나가는 사람의 손에 든 장바구니 속부터 멕시코의 공사중인 건물 앞 경고문구, 런던의 트래펄 가 광장에서 일광욕을 하는 사람들의 표정까지 모두 볼 수 있었다. 오래도록 응시하고 있으면 내가 그곳에 있는 것 같은 느낌마저 들었다.

―에엥? 그게 무슨 여행이에요.

그녀는 어깨를 으쓱거리며 깔깔거렸다. 일부러 내는 것처럼 무척이나 또박또박한 웃음소리였다. 불현듯 그녀를 향해 바구니며 와인병이며 유리잔이며 손에 닿는 대로 집어던지고 싶다는 생각이 들었다. 하지만 그런 짓을 했다가는 율이를 평생 못 보게 될지도 모른다. 아니, 그런 폭력을 휘둘렀다간 감옥에 갇힐 확률이 더 높았다. 마음이 방만

하게 흩어졌다. 공원에 나오기 전 그녀보다 네 살 많은 성숙한 여인의 인품과 매력을 보여주겠다는 다짐은 온데간데없이 사라져버렸다. 도 대체 나는 왜 굳이 이 자리에 나온 걸까. 텍사스의 소떼처럼 후회가 몰려왔다.

나는 눈을 가늘게 뜨고 주변을 둘러보았다. 나무 아래도 커플, 벤치 에도 커플, 호숫가 주변에도 커플 그리고 내 바로 옆에도 커플. 어디 를 보나 암수 한 쌍 정겨웠다. 바람에서 단 냄새가 나는 것 같았다.

—그럼 오빠, 가고 싶은 곳 말고 가기 싫은 곳은 어디야?

그녀가 몸을 돌려 율이에게 물었다. 돗자리에 누워 있던 율이가 발 을 높이 들어 자전거 타는 흉내를 내며 잠시 딴청을 하더니 시골, 하 고 대꾸했다.

—시골? 어떤 시골?

—그냥 시골. 우리 엄마가 나를 시골에 버리고 갔거든.

—에엥? 그게 무슨 소리야?

율이가 한 톤 낮은 목소리로 이야기했다.

—내가 여섯 살 때 아버지가 돌아가시고 집안 형편이 어려워서 시 골 외삼촌댁에 나를 맡긴 적이 있어.

—사정이 있으셨네. 그게 어떻게 버린 거야.

—그때 말이야. 물론 형, 누나 들 중에 나만 혼자 떨어져야 한다는 사실이 너무 두려웠지만 그것보다 나를 힘들게 했던 건 따로 있어.

그녀가 허리를 바짝 곧추세우고 물었다.

—무슨 일이 있었는데?

―시골에 가는 길에 엄마가 이제 한참 동안 보지 못할 거라면서 나에게 돈을 줬어. 사고 싶은 것, 먹고 싶은 것이 있을 때 쓰라고. 물론 혼자 버려지듯 시골로 가는 게 서글프긴 했지만 나이가 어려서인지 그 돈을 받고 나만 특혜를 얻은 것 같아서 뛸 듯이 기뻤지. 나는 엄마가 준 지폐를 손에 꼭 쥐고 콧노래를 흥얼거렸어.

그녀가 옅은 숨을 내쉬며 말했다.

―아, 보고 싶다, 지폐를 손에 쥐고 기뻐하는 여섯 살의 오빠.

율이는 그녀의 아쉬움에 아랑곳없이 말을 이었다.

―외삼촌이 사는 마을 입구에 가까워졌는데 저만치 가게 하나가 보이는 거야. 왜 있잖아. 시골 입구마다 있는 허름한 구멍가게.

그녀가 카망베르 치즈를 생쥐처럼 앞니로 조금씩 갉아먹으며 대꾸했다.

―알지. 먼지가 수북이 쌓인, 오래된 과자랑 통조림을 파는 가게.

―맞아. 그곳을 보자마자 엄마에게 말했어. 저기서 과자를 사고 싶다고. 엄마는 건너편 고목나무 아래 평상에 앉아서 쉬고 있겠다며 나 보고 갔다 오라고 했지. 나는 엄마를 향해 커다랗게 손을 흔들고 가게로 뛰어갔어. 그런데 가게에 들어서자마자 웬 할머니가 느닷없이 내 따귀를 때린 거야.

그녀가 외치듯 말했다.

―에엥, 따귀를?

―말 그대로 눈앞에 번쩍, 불이 났어. 볼이 마비된 것처럼 얼얼했지. 너무 당황한 나머지 나는 엄마가 있는 쪽을 바라봤어. 엄마는 무

릎 위에 손을 나란히 올리고 똑바로 내 쪽을 보고 있었어. 그런데 미동도 없이 그저 멍한 눈으로 나를 바라보기만 하는 거야. 마치 우주에 떠다니는 돌덩이를 바라보듯 무심한 눈빛이었어. 나는 당황해서 울음도 나오지 않았어. 그때 가게 안채에서 아주머니 한 분이 나오더니 왜 이러세요, 어머니, 식사하시다가 맨발로 나가시면 어떡해요, 하고 할머니를 끌고 들어가는 거야.

　—그 할머니, 치매 비슷한 거?

　—그럴지도 모르지. 여하튼 아무것도 사지 못하고 가게를 나왔는데, 세상이 달라 보이는 거야. 따귀를 맞기 전의 세상과 따귀를 맞은 후의 세상의 차이랄까. 그 일을 겪은 나는 겪기 전의 나와는 전혀 다른 인간이 되어 있었지. 세계가 새롭게 보였어. 그렇게 하드보일드한 낯선 세상으로 겨우겨우 발을 내디뎌 엄마가 있는 나무 쪽으로 걸어갔어.

　—엄마가 뭐라고 하셨어?

　율이는 몸을 일으켜 앉으며 곁에 있던 작은 돌멩이를 호수로 던졌다.

　—아무 말도 하지 않았어. 그런데도 나는 엄마 곁으로 가서 엄마의 손을 꽉 잡았어. 왠지 그래야 할 것 같았거든. 그런데 엄마는 잠시 동안 그림을 감상하듯 나를 멍하니 응시하고는 내 손을 놓고 외삼촌댁으로 걸어갔어.

　율이가 다시 돗자리 위로 드러누우며 말했다.

　—왜 그랬을까. 분명 내가 맞는 걸 보고 있었는데, 왜 모른 척했을

까. 그때 엄마의 표정이 잊히질 않아.

그녀가 미간을 살짝 찌푸리며 사뭇 진지하게 말했다.

—아버지가 돌아가시고 마음이 많이 힘든 상태 아니셨을까? 돌봐야 할 아이도 다섯이나 되고.

이야기를 듣고만 있던 나는 율이의 목뼈를 누르고 싶은 마음을 참고 바구니에서 와인을 꺼내 잔에 따라 율이에게 건넸다. 율이가 잔을 건네받으며 중얼거렸다.

—보통 시간이 흐르면 기억도 퇴색되기 마련이지만 어떤 기억은 결코 늙지 않고 점점 더 생생해지기도 해.

나는 무어라 말을 꺼내야 할지 몰라 입술을 잘근거렸다. 물론 율이의 기억이 몸에 남은 화상처럼 분명한 것일 수도 있다. 하지만 기억이란 때때로 불안하고 미심쩍고 자의적이기도 하다.

그녀가 아무 말 없이 하얀 손으로 율이의 등을 가만히 쓸어주었다. 반팔 아래로 드러난 그녀의 팔이 잘 가꿔진 식물의 줄기처럼 깨끗하고 생명력 넘쳤다. 적당히 부드럽고 적당히 힘이 들어간 손바닥의 힘이 눈으로도 느껴졌다. 마치 처음부터 끝까지 자질구레한 모든 사정을 다 이해한다는 듯한 손길이었다. 그녀의 다정하면서도 은밀한 태도에 나는 애정의 맨얼굴을 본 것 같아 명치가 조여왔다. 나긋나긋한 그녀의 손길에서 눈을 뗄 수가 없었다. 나는 율이의 여자친구를 보며 바짝바짝 애가 탔다.

12

취하게 하라.

언제나 너희는 취해 있어야 한다.

모든 것은 거기에 있다. 그것이 유일한 문제다.

너희의 어깨를 짓누르고

너희를 지상으로 누르고 있는

시간이라는 끔찍한 짐을 믿지 않기 위해서

너희는 여지없이 무얼 가지고 취하는가.

술로 미덕으로 그건 좋을 대로 하시오.

그러나 하여간 취해야 한다.

칸트는 눈을 감고 유려하게 시를 읊었다. 손에는 두부와 우유를 든 채였다.

─보들레르의 시죠.

칸트는 보들레르가 아니면 또 누구겠느냐는 얼굴로 나를 빤히 쳐다보았다. 아무래도 나는 문학을 사랑하는 사람들을 잡아끄는 자석이라도 품고 있는 모양이었다.

─시와 소설을 쓰는 사람들은 단지 글자를 짓는 게 아니죠. 그들은 자신의 품에서 어쩔 수 없이 뿜어나오는 울림을 그러모아 종이 위에 담는 건지도 몰라요.

매일 같은 시간에 개미슈퍼를 찾는 칸트가, 나에게 왜 오늘은 혼자

냐고 물어 율이가 설치작업중이라 바쁘기 때문이라고 대답했을 뿐이었다. 그런데 칸트는 자신도 미술작품 보는 것을 좋아한다며 얼마 전에 관람했던 전시에 대해 이야기를 늘어놓았다. 미국의 현대미술 작가인 에드워드 호퍼의 산뜻한 고립감과 세련된 우울함이 얼마나 사람의 마음을 이끄는지를 말하며 콧수염을 연신 찡긋거렸다. 에드워드 호퍼에서 난데없이 영화감독 짐 자무시에 대한 이야기가 이어지더니 이번에는 보들레르가 등장한 것이다.

—이 두부 말이죠. 사실 이렇게 진공포장된 걸 좋아하지 않아요. 방금 나온 따끈한 두부를 사서 그날 바로 먹는 게 두부에 대한 예의죠. 유통기한이 일주일이나 되는 두부는 어쩐지 신경이 마비되어버린 환자를 떠올리게 해요. 하지만 일을 끝내고 돌아오는 길에 마땅한 두부가게가 없어요. 정확한 시간에 식사를 하려면 어쩔 수 없죠.

칸트는 물방울이 송골송골 맺힌 두부를 흔들어 보이며 두부에 대한 자신의 의견을 설법했다. 나는 칸트의 이야기가 싫지 않았다. 오히려 좀더 듣고 싶었다. 칸트가 하는 이야기는 모두 일정 이상의 깊이를 넘지 않았다. 때문에 큰 부담 없이 흘려들을 수 있었다. 율이 어머니의 부탁으로 낮에 슈퍼를 지키고는 있었지만 율이가 없던 탓에 쓸쓸하던 참이었다.

칸트가 평상 위에 두부와 우유를 올려놓고는 주머니에서 무언가를 꺼내 손안에서 굴렸다. 딱딱한 무언가가 마찰하는 소리가 조그맣게 들렸다. 내가 손가락으로 가리키며 그게 뭐죠? 하고 묻자 칸트는 당연하다는 듯 호두요! 하고 대답했다. 호두가 아니면 또 무엇이겠느냐는 표정이었다.

호두는 칸트의 첫사랑이 칸트에게 준 유일한 선물이었다. 삼 년 전 그녀는 호두 두 알을 남긴 채 칸트를 떠났다. 어느 날 갑자기 칸트의 도드라진 콧수염이 싫어졌다는 게 이유였다. 분명 다른 이유가 있을 것 같았지만 나는 아무 말도 하지 않았다. 여자들은 헤어지려는 진짜 이유를 정확히 털어놓는 법이 드물다는 것을 칸트는 모르는 것 같았다.

호두알은 칸트의 손에서 꽤 기분좋은 소리를 냈다. 달각달각. 둥글고 작은 세계가 내는 마찰음이 오후 다섯시 반의 개미슈퍼 안을 가득 채웠다. 그 자체로는 아무것도 할 수 없는 오래된 호두 두 알. 너무 오래돼 속이 말라버려 먹을 수도 없고, 땅을 파고 건물을 짓는 도구로 사용할 수도 없고, 머리나 옷 위에 장식으로 매달 수도 없는 무용지물의 호두 두 알. 호두 두 알의 정체성은 그저 호두로서 충분했다. 나는 그런 호두를 주머니에 품고 다니는 칸트에게 마음이 끌렸다. 칸트와 사적인 얘기를 좀더 나누고 싶었다. '들어주는 사람'으로서 이야기를 듣는 것은 약간의 긴장과 불안, 위장장애를 안고 해야 하는 일이었다. 그런데 칸트의 이야기는 나를 편안하게 만들었다. 내장들이 느슨하게 근육을 풀고 편히 이완하는 기분이었다.

칸트는 시계를 보더니 저녁식사를 해야 한다며 두부와 우유를 집어들었다. 망설이던 나는 용기를 내 말했다.

─조금 더 있다 가세요.

─저도 그렇고 싶지만 규칙적인 생활은 몸과 마음을 건강하게 하

거든요.

칸트는 지폐를 내밀며 미소를 지었다. 아주 오래전 마주한 경험이 있는 것 같은 친밀한 미소였다. 옆으로 가느다랗게 늘어지는 콧수염이 보기 좋았다. 지극히 자연스러운 그 미소에 내 마음이 움직였다. 칸트에게 만원짜리 지폐를 받은 나는 거스름돈을 건네며 또 얘기를 나눴으면 좋겠다고 웃으며 말했다. 칸트는 물론이죠, 언제든지, 하고 휴지뭉치를 구겨넣은 것처럼 바짝 솟은 어깨를 들썩거렸다. 나는 그 몸짓이 좋았다. 찡긋거린다고 해야 할까. 어깨로 윙크를 하는 것 같았다. 더하지도 덜하지도 않은 딱 적당한 움직임이었다. 칸트가 문을 열고 나가려다 무언가 생각났다는 듯이 뒤를 돌아보며 말했다.

—아, 그럼 언제 같이 미술관에 가요.

칸트의 제안에 잠시 머뭇거리던 나는 고개를 끄덕였다.

—그럼 좋은 하루 되세요!

칸트가 나가고 나자 개미슈퍼 안에는 정적이 감돌았다. 나는 휴대폰을 꺼내 인터넷 검색창을 열고 에드워드 호퍼를 검색했다. 납작하고 작은 화면 안에 호퍼와 관련된 기사와 사진이 나열되었다. 여러 작품들 중 혼자서 물끄러미 창밖을 바라보거나 허공을 응시하는 인물이 그려진 작품들이 오래도록 내 시선을 잡아끌었다. 그들은 무언가를 잃어버린 사람 같기도 하고, 누군가를 기다리는 사람 같기도, 아니면 이제야 겨우 진정 혼자가 된 사람들 같기도 했다. 그들의 얼굴에서는 절망과 확신이 동시에 느껴졌다. 문득 그 그림들을 직접 보고 싶은 욕구가 솟구쳤다. 캔버스에 발린 물감의 질감을 눈으로 확인하고 그 담담한 색채를 직접 느껴보고 싶었다. 나는 침대 위에 무릎을 세우고 나체로 앉아 있는 여자가 그려진 그림을 오래도록 응시했다. 그녀는 무엇 때문에 침묵하고 있는 것일까. 사랑, 병, 어머니, 꿈, 고정관념, 오해, 죄의식, 의무, 죽음. 많은 단어들이 내 머릿속을 스쳐지나갔다.

13

밤 열시 사십분. 창밖에서 불어오는 바람이 제법 선선했다. 나는 베란다에 기대서서 고객의 말을 들었다. 고객은 차분한 목소리의 여성이었다.

─그가 매일 밤 채팅창을 통해 웹캠으로 나의 발을 관찰하는 이유는 나도 잘 몰라요. 언젠가 타인의 손이나 발, 종아리나, 둔부, 혹은 다른 어떤 곳에 집착하는 사람들의 이야기를 들은 적이 있어요. 또 그들에게는 각자 나름의 이유가 있다는 이야기도. 때때로 나는 타인의 발을 관찰하는 그만의 이유가 궁금해지곤 해요. 하지만 직접 묻지는 못하죠. 일을 하는 조건으로 그는 모든 질문을 금지한다고 했어요.

나는 창틀에 기댄 팔의 방향을 바꾸며 대답했다.

─그랬군요.

한참 입을 다물고 있어서였는지 목소리가 살짝 갈라졌다. 나는 곁에 있던 물컵을 들어 조심스레 입을 적셨다.

─중요한 건, 발을 보여주는 대가로 은행계좌를 통해 그에게서 돈

을 받는다는 것뿐이에요. 삶을 지속하기 위해선 어떤 형태로든 생산활동을 해야만 하죠. 더군다나 나는 옷과 구두를 사는 데 꽤 많은 돈을 쓰거든요.

그녀의 목소리는 마치 세상 돌아가는 일반적인 이야기를 하는 듯 담담했다. 거실 탁자 위 디지털식 시계의 숫자판을 멍하니 바라보던 나는 고개를 끄덕거렸다.

—네, 그렇군요.

수화기 너머에서 부스럭거리는 소리가 나더니 그녀가 숨을 깊게 내뱉는 소리가 들렸다. 아마도 담배를 피우고 있는 것 같았다. 그녀가 조그맣게 기침을 하고는 말을 이었다.

—그는 매일 한 시간씩 나의 발을 관찰해요. 물론 그가 한 시간 내내 채팅창을 보고 있는 건지 알 순 없죠. 하지만 나만의 느낌이 있어요. 모니터 창을 통해서도 그의 시선이 느껴지거든요. 나는 그 시선과 침묵을 생생히 감지할 수 있어요. 그는 화면 앞에서 입을 꾹 다문 채 미간을 모으고 의식을 집중하고 있을 거예요. 틀림없이.

—그럴 수도 있겠네요.

—처음 일을 시작할 때는 같은 자세를 한 시간씩 유지하는 게 힘들기도 했어요. 손이나 머리를 움직이면 발이 같이 따라 움직였죠. 움직임이 심할 때면 그는 접속을 끊고 나가버렸어요. 물론 돈도 입금하지 않았죠. 하지만 시간이 지나자 채팅중에 물을 마시거나 간단한 전화 통화도 가능할 정도로 능숙해졌어요.

—정말 능숙해졌나보군요.

불이 꺼지고 고요히 가라앉은 거실에 울리는 내 목소리가 묘할 정도로 크게 느껴졌다. 나는 쓸데없이 괜한 말을 덧붙이지 않기 위해 왼쪽 손바닥을 쫙 편 뒤 엄지손가락부터 천천히 구부리며 숫자를 셌다. 열일곱까지 세었을 때 그녀가 다시 입을 열었다.

―그와의 거래가 벌써 일 년째예요. 하루 한 시간, 그는 그 이상 욕심부리지 않죠. 약속된 시간이 지나면 아무 말도 없이 접속을 끊고 나가버려요. 어떤 인사나 약속도, 변명이나 다짐도 하지 않아요. 나는 그가 스스로에게는 무척 수다스러운 사람이 아닐까, 하는 생각이 들어요. 침묵은 스스로에게 말을 거는 것인지도 모르니까.

―듣고 보니 그렇기도 하네요.

그녀는 신음소리도 한숨소리도 아닌 소리를 냈다.

―하지만 우습죠. 나는 그와 채팅을 마치고 나면 누군가와 이야기하고 싶어 견딜 수가 없어요. 말이 채팅이지 우리는 사실 한마디도 나누지 않거든요. 그래서 나는 그에게서 받은 돈으로 〈들어주는 사람〉에 가입하게 되었죠. 그래도 공허함은 채울 수가 없어요. 때때로 이런 상상을 해요. 햇살이 좋은 초여름, 푸른 잔디밭에 그와 나란히 누워 있는 상상. 그곳에 누워 그와 나는 스무 마디쯤 이야기를 나누는 거예요. 입김을 불어 서로 깃털을 주고받듯 길고 부드러운 숨을 내뱉으며. 모자라지도 넘치지도 않게.

나는 그녀의 말을 반복했다.

―모자라지도 넘치지도 않게.

나는 그녀의 말을 들으며 묘한 동질감을 느꼈다. 들어주는 일을 계속 할수록 나 또한 누군가에게 내 이야기를 털어놓고 싶은 마음이 불쑥불쑥 들곤 했기 때문이다. 특별히 해야 할 말이 있는 건 아니었다. 그저 아주 사소한 것들을 아무런 거리낌 없이 내뱉고 싶었다. 하루 분량의 들어주는 일이 끝나는 늦은 새벽이 되면 나는 전화기를 만지작거리며 누군가와 이야기하고픈 마음을 꾹꾹 억누르곤 했다.

그녀는 수화기를 든 채 한참을 침묵했다. 어쩌면 스스로에게 말을 걸고 있는지도 몰랐다. 묵묵히 초침을 바라보던 나는 조심스레 입을 열었다.

—나는, 당신의 따뜻한 말을 기다립니다.

그녀가 '전화를 끊을 때 듣고 싶은 멘트'로 적은 문장이었다. 그녀가 벌써 시간이 그렇게 됐나요, 하고 중얼거리더니 곧바로 Bye 하고 인사를 건넸다.

—Bye.

단지 들어주는 일을 했을 뿐인데 통화를 마치고 나니 묘한 흥분으로 쉽게 잠이 오지 않았다. 연극이나 영화가 끝난 뒤 무대의 불이 일제히 켜졌을 때처럼 의식의 형광등이 파밧, 소리를 내며 빛을 밝혔다. 베란다 창문을 열자 매미 울음소리가 귀를 후려쳤다. 그 울음소리를 듣고 있으니 처연한 기분이 들었다. 주먹을 꽉 쥐고 얼굴이 벌게진 채 박자를 맞춰 있는 힘껏 소리를 내지르는 한 사람이 떠올랐다. 저렇게 진종일 몸통 전체를 진동하며 울어댄다면 어떤 생물이건 금세 죽어버릴 것이다. 그래도 우리는 운다. 우리는 모두 외롭고 서로를 껴안을 상대가 필요하기 때문이다.

호흡을 가만히 조절했다. 들이쉬는 숨은 짧게 내쉬는 숨은 길게. 한참을 그렇게 집중하자 귀에 들리지 않던 무수한 목소리와 노래 들이 들려오는 것 같았다. 그 미미한 소리에 귀를 기울였다. 사람들이 조심스럽게 서로를 향해 입김을 부는 소리. 그리고 그 사람들 사이를 가만가만 옮겨다니는 커다랗고 하얀 깃털. 나는 깃털이 나를 향해 사뿐히 날아오는 순간을 기다려 힘껏 입김을 불었다. 순백의 깃털이 무사히 율이에게 당도하기를 빌었다.

14

몸을 씻고 탕 안으로 들어갔다. 물이 뜨거워 살갗이 따가웠다. 신경의 테두리 같은 게 벗겨지는 기분이었다. 나는 손바닥으로 몸을 마구 문질렀다. 할머니는 아무렇지도 않은지 눈을 감고 콧노래를 부르고 있었다. 모락모락 김이 나는 탕 안에 둥둥 뜬 할머니의 얼굴이 토마토처럼 발그스름했다. 붉어진 할머니의 얼굴엔 주름이 가득했다. 거칠어진 살갗에 새겨진 주름 하나하나가 정겨웠다. 거기에는 나의 시선은 물론이고 사고로 세상을 떠난 부모님의 시선도 고스란히 새겨져 있었다.

고개만 내놓고 몸을 깊숙이 담갔다. 열기가 머리 쪽으로 서서히 올라왔다. 스트레스가 승화해서 빠져나가는 것 같아 기분이 가뿐해졌다. 욕조 난간에 팔을 올리고 반쯤 엎드린 자세로 주변을 둘러보았다. 알몸뚱이의 여자들이 드문드문 보였다. 앉은뱅이의자에 앉아 다리를 벌리고 묵묵히 허벅지의 때를 미는 여자와 바닥에 수건을 깔고 그 위에 앉아 무슨 얘기인지 옥신각신하고 있는 할머니들, 불구대천의 원수라도 만난 듯 맹렬한 기세로 공용 세숫대야와 앉은뱅이의자를 때수건으로 박박 문지르고 있는 여자와 냉탕에서 엄청난 소리로 발차기를 하며 수영을 하는 여자, 플라스틱 부항기를 잔뜩 붙였다 떼어내 등 전체에 빨간 동그라미 무늬가 알알이 새겨진 여자까지. 체형도, 나이도, 성격도 다른 여자들이 모두 발가벗은 채 나름의 목욕을 즐기고 있었다.

나이가 들면 체모도 살도 빠지는 걸까. 바닥에 앉은 할머니들의 몸을 보며 나는 생각했다. 가로로, 세로로 난 수많은 주름들은 바싹 마른 나무를 연상시켰다. 나에게 그것들은 세상의 기원처럼 궁극적이고 편안하게 느껴졌다. 인간을 뒤덮고 있는 과도한 정신의 지방층과 허망한 수사를 모두 지워버린다면 남는 것은 저런 몸일 것이다. 평생 느꼈던 오욕칠정이 소멸되며 주름 하나하나로 생생히 남겨진 것 같았다. 나는 투명한 욕탕 물 아래서 물살에 따라 부드럽게 움직이는 내 몸을 내려다보았다. 언젠가 나도 모든 것들이 연소되어 바짝 마르고 텅 비어버린 저런 몸을 갖게 될 것이다. 굽은 등과 내려앉은 어깨, 커다란 기미와 움푹 파인 엉덩이뼈를. 나는 그 몸들이 발설하는 은밀한 비밀들이 궁금했다. 물속에 비치는 내 몸을 내려다보며 나는 한참 동안 상념에 빠졌다.

—더 있을 거냐?

할머니가 탕에서 일어서며 물었다. 나는 아니, 하고는 할머니를 따라 물에서 나왔다.

앉은뱅이의자에 자리를 잡은 할머니는 눈을 가늘게 뜨고 거울 속 자신의 모습을 바라보았다. 습기로 뿌연 거울에 할머니의 자그마한 상체가 비쳤다. 할머니는 거울을 보며 짧은 머리를 매만졌다. 다른 노인들을 보며 세상의 기원을 떠올렸던 나는 할머니의 뒷모습을 보고는 이상하게도 그런 생각이 들지 않았다. 그저 작고 초라한 노인의 등으로만 읽혔다. 아슬아슬하게 허전한 기분이었다. 할머니가 내 시선을 느꼈는지 돌아보며 배시시 웃었다. 어린아이가 종이 위에 크레파스로 그린 것 같은 웃음이었다.

—언제 이렇게 머리가 다 빠졌는지 모르겠다.

나는 고개를 빼고 할머니의 정수리를 내려다보았다. 머리카락 사이로 두피가 훤히 보였다.

—자연스러운 일이지 모. 그 나이가 되면 좀 빠지는 것도 괜찮아.

할머니가 유심히 정수리를 살피며 중얼거렸다.

—그거 하나 사야겠다.

—뭐?

—거 왜 홈쇼핑에서 나오던 거 있잖냐. 대머리 코미디언이 나와서 광고하는 발모제 말이야.

—발모제?

—그래, 텔레비전에서 보니까 그거 바르면 일주일 만에 머리에서 솜털 같은 게 올라오기 시작하더라.

이 상황에 머리숱털이라니. 웃어야 할지 울어야 할지 난감했다. 나는 하아, 하고 애매한 소리를 냈다. 할머니가 나를 보며 후후, 하고 웃었다.

할머니와 서로 번갈아가며 등을 밀어주었다. 할머니는 내 등을 손으로 쓸어주며 부들부들한 게 기분좋다, 하고 말했다. 느릿하지만 꼼꼼한 할머니의 손길이 등 구석구석에 닿았다. 언제까지 서로 등을 맡길 수 있을까. 콧속이 액체로 꽉 차는 기분이었다.

—이레야, 너 고등학교 때 말이다. 무슨 바람인지, 자아찾기여행인가 뭔가 한다고 일주일간 집 나갔던 거 기억나냐?

할머니의 물음에 잊고 있었던 시절이 떠올랐다. 나는 그때 '땅끝마을'이라 불리는 해남까지 여행을 갔었다. 지금 생각해보면 험한 일을 안 당한 게 신기할 정도로 여고생이 하기엔 참으로 대책 없는, 무방비한 여행이었다. 돈도 얼마 없어서 길에서 차를 얻어타기도 하고 하루 한 끼 겨우 끼니를 때우면서 일주일을 보냈다. 그것은 내 생애 처음이자 마지막 여행이기도 했다. 여행을 통해 내가 깨달은 건, 머무를 곳에서 장점을 찾고 떠날 곳에서 단점을 찾는 게 나라는 사람이라는 것이었다.

할머니가 내 등에 정성껏 비누질을 하며 말했다.

—그때 매일 혼자 잠자리에 들 때면 삽으로 네가 있는 땅만 쏙 퍼내오고 싶더라. 얼마나 애가 타던지.

다 지난 일인데 마음이 편치 않았다. 할머니에게 걱정을 끼친 게 새삼 미안했다. 할머니와 단둘이 사는 집은 두 사람 중 하나만 없어도 적요하기 그지없었다. 때때로 창밖에서 들려오는 야채 트럭의 방송소리마저도 반가울 정도였다. 할머니는 그 적막함 속에서 얼마나 안절부절못했을까.

—그 무렵 너는 말 열두 마리를 한꺼번에 끌어당기고 있는 것처럼 미간을 잔뜩 찌푸리고 항상 인상을 쓰고 있었지. 후후.

나는 괜히 멋쩍은 기분이 들어 아무 대답도 하지 않고 바가지로 물을 끼얹었다. 그러자 할머니는 매끈해진 내 등을 손바닥으로 쓸어주며 말했다.

—집을 떠나고, 말을 배우고, 꿈을 꾸고, 목소릴 듣고 싶어하고, 합격을 하고, 울기도 하고, 고백도 해보고, 술도 마시고, 대화도 하고, 외로워하는 게 청춘이야.

나는 빈 터널처럼 그 말들을 통과시켜버렸다. 등을 쓰다듬은 할머니의 손이 너무나도 작게 느껴졌다.

15

골목은 누추하고 좁았지만 쓰레기 하나 없이 깨끗했다. 간혹 보이는 빨간 고무대야 안에 심어진 꽃들이나 줄에 걸린 빨래들이 회색빛 풍경에 알록달록한 색을 더했다. 무심코 모퉁이를 돌면 막다른 골목이었고 갑작스레 급격한 절벽이 나타나기도 했다. 예측 불가능한 길들은 나를 설레게도 불안하게도 했다. 나는 몇 걸음 앞장서는 칸트의 뒷모습을 올려다보며 천천히 걸음을 옮겼다. 주말인데도 인적이 드물었다.

미술관에 가기 전에 잠깐의 산책을 권한 건 칸트였다. 칸트는 미술관 근처에 근사한 옛 동네가 있다고 했다. 해학과 소박함이 묻어나는 길이라 소개하며 데려간 곳을 칸트는 말없이 걸었다. 손바닥만한 쌀집과 수선집, 글자 받침이 하나쯤 사라져버린 어설픈 간판들, 어깨를 맞대고 야트막하게 내려앉은 건물들이 마음을 차분하게 만들어주었다. 휘어지는 길을 따라 울퉁불퉁하게 솟아오른 보도블록 덕분에 자연스레 걸음이 느려졌다.

—참 좋네요.

나의 말에 칸트는 뒤를 돌아보며 어깨를 찡긋거렸다.

—저도 두번째예요. 지난번에 미술관에 왔다가 우연히 발견한 골목인데 서울에서는 이제 쉽게 볼 수 없는 풍경이죠.

낡은 집들과 오래전부터 그 자리를 지켜온 것 같은 가게들이 자연스레 뒤섞여 있는 광경이 정겨웠다. 미용실, 목욕탕, 서점까지 모두 오래된 사진 속에서 본 듯한 모습이었다.

골목 안으로 좀더 깊숙이 들어서자 열린 대문 안쪽에서 들리는 생활의 소리들이 간혹 들려왔다. 빨랫방망이를 두드리는 소리, 장독대 여는 소리, 마당에 비질을 하는 소리가 이상하리만치 친숙하게 느껴졌다. 여유롭고 아늑했다. 나는 예전부터 누군가 일하는 소리를 듣는 걸 좋아했다. 할머니가 도마에 칼질을 하거나 싱크대 서랍을 열고 닫을 때 나는 소리, 손빨래를 하느라 빨래를 대야의 물에 담갔다 꺼내는 소리와 힘주어 가스레인지를 켜는 소리 들을 들을 때면 누군가 내 등을 토닥이는 기분이 들곤 했다. 그 작고 시시콜콜한 소리를 통해 살아 있다는 확신을 얻었다. 힘들고 불안할 때마다 그것들이 나를 위로했다.

—개미슈퍼 아주머니는 요즘 바쁘신가봐요.

갑작스런 칸트의 말에 나는 네, 그렇죠, 하고 얼버무렸다.

어디선가 멀리서 개 짖는 소리가 들려왔다. 한 마리가 짖어대자 응답이라도 하듯 연이어 컹컹대는 소리가 이어졌다.

—세상의 마지막 돌고래가 죽었을 때 그들이 대화하던 초음파의 세계는 사라지겠죠.

칸트의 말에 나는 멀뚱히 그의 뒷모습을 바라보았다. 칸트가 걸음을 돌려 내 옆으로 다가오며 말했다.

—개미슈퍼 말이에요. 동네 골목에 남은 마지막 영세 슈퍼예요.

그랬다. 동네로 처음 이사 왔을 때 백 미터 남짓한 거리의 골목에는 작은 슈퍼가 네 개 자리잡고 있었다. 간판도 없이 쌀, 계란이라고만 적힌 작은 슈퍼와 생선과 야채를 함께 팔던 짱구슈퍼, 뜨개질하는 동네 아줌마들로 북적이던 청주슈퍼 그리고 개미슈퍼까지. 그런데 어느새 모두 사라지고 개미슈퍼만 남고 말았다.

칸트가 다시 걸음을 옮기며 말했다.

—어디선가 봤는데요, 사람의 심성은 그가 어떤 공간에 사느냐에 따라 규정된다고 해요. 이 골목 말이에요. 이런 곳에 살면 기대어 잠든 아이처럼 더 평화로울 수 있을 텐데요.

—혹시 하는 일이 인테리어나 건축 쪽인가요?

나의 질문에 칸트가 콧수염을 좌우로 늘이며 미소를 지었다.

—뭐, 비슷하다고도 할 수 있겠네요. 저는 사람들의 방에 그림을 그려주는 일을 해요.

—액자 속 그림 같은 거 말인가요?

—아니요. 벽 전체에요. 천장도 포함해서.

—그럼, 벽화 비슷한 거?

—어쩌면, 그럴 수도.

칸트는 아무려면 어떠냐는 듯 어깨를 추켜올리며 웃어 보였다.

칸트가 사람들의 방에 그림을 그려주게 된 계기는 우연찮게 찾아왔다고 했다. 에드워드 호퍼의 그림을 좋아해서 자신의 방 벽 전체에 호퍼의 그림을 모사한 뒤 사진을 찍어 블로그에 올렸는데 지인들이 그것을 보고 하나둘 의뢰를 하기 시작한 것이다. 날씬한 몸매에 대한 과도한 집착으로 거식과 폭식을 반복하던 모델 친구는 자신의 방에 도넛가게를 그려달라고 의뢰했다. 칸트는 가구와 살림살이를 모두 치운 방 벽에 갓 나온 도넛들이 가득 진열된 도넛가게를 그려주었다. 알코올중독이었던 친구 하나는 방안에 양조장을 그려달라는 부탁을 하기도 하고, 당뇨병을 앓는 친구는 배스킨라빈스 매장을 그려달라고 했다. 이유는 말하지 않은 채 말굽을 잔뜩 그려달라는 사람도 있었다.

칸트의 이야기를 들으며 나는 율이가 가득 들어찬 내 방을 상상해보았다. 〈매트릭스〉에 나오는 스미스처럼 증식되어 내 방 벽에 이차원으로 납작하게 안착해 있는 율이의 모습. 어쩐지 욕망과 트라우마가 뒤섞여 편하게 잠 한숨 자기도 힘들 것만 같았다. 그런 방에서 옷이나 갈아입을 수 있을까. 고개를 꺾고 하늘을 올려다보았다. 처음으로 붓을 잡아본 아이가 그린 것처럼 무심하게 흩어진 구름들이 여유로웠다. 나는 기지개를 켜며 칸트에게 말했다.

　—원하는 것을 자신의 공간에 단단히 붙잡아둘 수 있는 용기가 부럽네요.

　칸트가 나지막이 대답했다.

　—결국, 우리는 넘어진 곳에서만 일어설 수 있으니까요.

　칸트는 자신의 이야기를 계속했다. 매일 밤 지인의 카페에서 서빙을 하고 있지만 그것은 아르바이트일 뿐 자신의 본업은 그림이라고 했다.

　별 뜻 없이 사람들의 방에 그림을 그려주던 칸트는 불현듯 석 달 전 예술가가 되기로 결심했다고 한다. 그것이 어디서 어떻게 왔는지는 모르겠다고 했다. 창문으로 날아든 작은 새처럼, 그것은 아무런 예고도 없이 도착했다. 칸트는 따로 미술교육을 받은 적도 없었고 늦은 나이에 미대에 진학하기에는 형편이 넉넉지 않았다. 하지만 그것은 예술가가 되고자 하는 칸트에게 아무런 방해도 되지 않았다. 칸트는 주변의 모든 것들을 조용히 응시하고 관찰하기 시작했다. 세상을 자신만의 눈으로 기억하고 의문을 갖기 시작했다. 언어화할 수 없는 미세한 감정들을 화면 위에 점, 선, 면으로 옮기고 또 옮겼다. 사람들의 방에 그림을 그려주는 작업과 함께 개인작업도 병행하고 있다고 말하는 칸트의 눈빛이 진지함과 따뜻함으로 뒤섞여 일렁거렸다.

목적도 없이 말도 없이 한참을 걸었다. 파랗게 칠해진 대문 앞에 하얀 머리를 쪽찐 노인이 비질을 하는 모습이 눈에 띄었다. 허리가 조금 굽긴 했지만 빗자루를 쥔 손이 단단해 보였다. 야무진 소리를 내며 비질을 마친 노인이 콩을 가득 널어놓은 돗자리를 끌고 와 바구니에 콩을 골라 담기 시작했다. 그 행동 하나하나가 신속하고 기운이 넘쳤다. 산삼을 드셨나, 불로초를 드셨나, 아니면 멧돼지 고기라도 먹은 걸까. 요즘 자주 기침을 내뱉는 할머니가 생각나 명치가 아렸다. 나는 집에 가는 길에 도넛이라도 잔뜩 사가야겠다고 생각했다.

다리가 조금씩 무겁게 느껴질 무렵 어디선가 다시 캉캉, 하고 어린 개가 짖는 소리가 들렸다. 나는 칸트의 팔을 잡으며 말했다.

—목이 말라요.

—좀 걸었나요?

—네, 충분히요.

칸트가 앞장서며 손짓했다.

—뭐라도 마시러 가요. 미술관 근처에 작은 카페가 있어요.

우리는 몇 차례 막다른 골목을 만난 끝에 카페에 도착했다. 칸트는 오미자주스를, 나는 아이스 아메리카노를 시켰다. 카페 안은 에어컨이 약하게 가동되고 있었다. 우리는 땀을 식히며 조용히 음료가 나오길 기다렸다. 체크무늬 남방을 걸친 점원이 혼자서 분주히 움직이며 에스프레소를 뽑고 얼음을 갈았다. 군더더기 없이 간결하고 익숙한 움직임이었다. 고요한 공간 속 묵직하고 날카로운 소리들이 번갈아 울려퍼졌다.

점원이 음료를 가져와 테이블 위에 올려놓았다. 짙은 갈색의 원목 테이블이 컵 표면에 맺힌 물방울로 축축하게 젖어들었다. 나는 아메리카노를 한 모금 들이켠 뒤 말했다.

—뭐 하나 물어봐도 돼요?

칸트가 주스를 마시려다가 얼마든지요, 하고 대답했다.

—혹시 외국인인가요?

칸트가 웃으며 고개를 저었다. 왠지 머쓱해서 나는 황급히 사과를 했다.

—무례했다면 미안해요.

—아니에요, 다들 제가 한국말을 하면 놀라는 얼굴을 해요.

—사실 저도 그랬어요.

—부모님이 선이 굵은 얼굴인데, 나는 유독 더 그렇게 태어났어요. 콧수염을 기르고 난 뒤 오해가 더 잦아졌지만. 주로 중동 쪽으로 많이 착각해요. 제가 한국말을 못 알아듣는 줄 알고 일부러 가까이 다가와 욕을 하기도 하죠.

—뭐라고요?

—주로 병신, 혹은 너희 나라로 가.

칸트의 눈빛이 먼 곳을 바라보는 듯 아련해졌다. 섣부른 판단과 이유 없는 악의, 의도한 모욕에 단련된 무심한 눈빛이었다. 콧수염을 밀어보면 어떻겠느냐고 물으려던 나는 도로 말을 삼켜버렸다. 애초에 중요한 건 콧수염이 아닌지도 몰랐다. 나는 다시 아메리카노를 한 모금 마시고 고개를 숙인 채 중얼거렸다.

―어깨가 참 멋져요.

그 말을 하고 얼굴이 좀 달아올랐다.

―별명이 많았죠. 떡대, 왕패드, 크레인, 아놀드.

―아놀드?

의아한 표정을 짓자 칸트가 당연하다는 얼굴로 대답했다.

―아놀드 슈왈제네거.

―딱히 근육질은 아닌 거 같은데요?

―면박, 준 건가요.

나는 대답 대신 어깨를 찡긋거렸다.

16

미술관은 가지 못한 채 집으로 돌아왔다. 별다른 이유는 없었다. 그저 충분한 기분이었다. 칸트는 지인의 카페로 간다고 했다. 우리는 다음번에 함께 맥주를 마시기로 약속했다.

집에 도착했지만 할머니는 보이지 않았다. 미진이네 집에 간다고 하더니 아직 돌아오지 않은 것 같았다. 도넛상자를 식탁 위에 올려놓고 소파에 걸터앉았다. 율이에게 전화라도 걸어볼까. 오랜만에 함께 저녁이라도 먹고 싶었다. 율이를 못 본 지 벌써 일주일이 다 된 터였다. 휴대폰을 꺼내 통화버튼을 눌렀다. 컬러링으로 등록한 발라드가 흘러나오고 율이가 전화를 받았다.

―내가 금방 다시 걸게.

율이는 속삭이듯 말하더니 전화를 끊어버렸다. 멍하니 휴대폰을 들고 있다가 침대에 몸을 던지듯 누웠다. 천장을 올려다보고 있는데 칸트의 이야기가 떠올랐다. 천장과 벽에 율이를 가득 그려넣는단 말이지. 그런 상상을 하자 벽지에 그려진 작은 튤립 무늬들이 율이의 얼굴처럼 보였다. 어쩐지 그로테스크했다. 목덜미에 소름이 돋는데 전화벨이 울렸다. 번호를 확인해보니 율이었다.

―미안, 아직 일하는 중이라.

율이는 잠시 창고에 와 있다고 했다.

―몇시에 끝나? 오랜만에 저녁 같이 먹자.

―그런데……

―응.

―그게 말이야.

율이는 말을 꺼내지 못하고 우물쭈물했다. 율이의 목소리가 평소같지 않게 초조했다.

―무슨 얘긴데 그래.

―오늘 낮에 내가……

겨우 무슨 말인가를 꺼내려던 율이는 황급히 말을 돌렸다.

―아니야, 여덟시 좀 넘어서 끝나는데, 마트 앞으로 올래?

만나자는 약속을 하고 전화를 끊었다. 약속시간이 한 시간 정도 남았지만 좀 일찍 나서기로 했다. 마트 주변을 어슬렁거리며 기다림을 즐기고 싶었다.

마트 앞에 도착해 잠시 숨을 돌릴 겸 화단 그늘에 앉으려는데 율이의 여자친구가 보였다. 그녀는 샌들을 벗어 그 위에 맨발을 올려놓고 하늘을 올려다보는 중이었다. 백열등처럼 흰 피부에 엉클어진 앞머리, 기다란 팔다리가 눈에 익었다. 막상 그녀에게 다가가려니 어색한 기분이 들어 어정쩡하게 서 있는데 그녀가 먼저 날 발견하고 요란스레 손을 흔들었다.

─율이 오빠는 조금 더 있어야 끝나요. 그런데 오늘 메뉴는 뭐예요?

여자친구도 함께하자는 얘기는 꺼내지 않았는데. 율이의 무신경에 서운함이 일었다. 무슨 말이라도 해야겠는데 아무 생각이 떠오르지 않았다. 가슴이 답답했다. 나는 그녀가 입은 남방의 줄무늬만 뚫어져라 응시했다. 그녀가 내 팔짱을 끼며 말했다.

─언니, 혹시 전생이 궁금하지 않아요?

이건 또 무슨 생뚱맞은 소리인가. 전생 따위 전혀 궁금하지 않았다. 아마 난 만 년 전에도 만 년 후에도 지금의 모습과 별반 다를 게 없을 것 같았다. 좋아하는 사람에게 고백도 하지 못하고 전전긍긍 시큼한 마음으로 주변을 어슬렁거리는 역할에서 한 걸음도 못 나아갈 것이다. 내 속을 알 리 없는 그녀가 휴대폰 화면을 들이밀며 나에게 생년월일을 물었다.

─요즘 유행하는 전생찾기 사이트예요. 이름과 생년월일을 적어넣으면 자신의 전생을 알 수 있어요.

나는 몇 번 관심 없다고 거절하다가 심드렁하게 이야기해주었다. 그녀가 날짜를 입력하자 휴대폰 화면 위에 빼곡한 글씨가 나타났다. 초등학생이 국어책을 읽듯이 그녀가 또박또박 소리내어 읽기 시작했다.

―아스트랄계에서 추출한 당신의 전생정보내역을 분석해본 결과, 당신은 서기 3년 땅속에 살았던 지렁이였습니다. 그 당시에 당신은 땅속에서 꿈틀대며 땅을 비옥하게 만들었습니다. 당신이 인생에서 가장 행복했던 때는 비가 온 날 수분이 충분했을 때이고, 당신이 인생에서 가장 불행했던 때는 건조한 날 몸이 말라갈 때였으며, 당신의 죽음은 가뭄에 몸이 점점 말라가며 의식을 잃으며 이루어졌습니다.

허, 지렁이라니. 미물 중의 미물이로군. 왠지 마음에 들었다. 적어도 나는 전생에 성실하게 꿈틀거리며 흙을 삼켰다가 다시 내뱉기도 하고 작은 새들과 두더지들의 맛있는 먹잇감이 되는 꽤나 유익한 일을 한 셈이었다.

―율이 오빠는 말이죠. 석기시대 엄마 뱃속에 살았던 태아였대요. 여기 저장해놓은 거 한번 읽어봐요.

나는 그녀가 내미는 휴대폰 화면을 유심히 들여다보았다.

"아스트랄계에서 추출한 당신의 전생정보내역을 분석해본 결과, 당신은 석기시대 엄마 뱃속에 살았던 태아였습니다. 그 당시에 당신은 엄마 뱃속에서 생존본능에 따라 자유롭게 움직였습니다. 당신이 인생에서 가장 행복했던 때는 엄마와 교감을 느꼈을 때이고, 당신이 인생에서 가장 불행했던 때는 엄마의 건강이 나빠져 생명에 위협을 느꼈을 때이고, 당신의 죽음은 영양을 공급받지 못해 아사함으로써 이루어졌습니다."

—흠, 태어나지도 못해보고 죽어버린 거야?

—그래도 율이 오빠는 전생에 태어였으면 인간이었던 거나 마찬가
지라고 기뻐하던데요.

—그나저나, 그 아스트랄계라는 건 도대체 뭐야?

—글쎄요, 뭐, 신들의 세계, 영혼의 고향, 기적의 근원지 같은 게 아
닐까요?

활짝 웃어 보인 그녀는 신세계와 모래시계, 타임머신에 대해서 한
참을 더 떠들었다. 하여튼 이야기의 소재 하나는 떨어지지 않는 듯했
다. 나는 물고기처럼 입술을 뻐끔거리며 수다를 떠는 그녀를 쳐다볼
뿐이었다.

하와이와 오카리나, 해운대와 동백꽃에 대한 이야기를 다 들을 때까
지 율이는 나타나지 않았다. 약속시간을 훌쩍 넘긴 터였다. 율이 휴대
폰으로 전화를 걸어보았지만 전원이 꺼져 있다는 안내멘트만 흘러나
왔다. 그녀가 마트 안으로 찾아가보겠다며 샌들에 발을 집어넣었다.

혼자 화단에 앉아 마트 쪽으로 멀어지는 그녀의 뒷모습을 바라보
았다. 한여름 옥수수줄기처럼 쭉 뻗은 허리가 건강해 보였다. 언제까
지 율이에 대한 감정을 속일 수 있을까. 정신건강을 위해서라도 고백
하는 게 낫지 않을까. 아니다. 고백을 할 바엔 차라리 혀에 가시가 돋
는 게 낫지. 그럼, 그건 내가 아니지. 정체성이란 그렇게 쉽게 포기하
는 게 아니야. 만담을 주고받듯 스스로와 어처구니없는 말을 주고받
았다.

도로를 달리는 차를 멍청히 바라보고 있는데 그녀가 터덜터덜 내

쪽으로 걸어왔다.

—오빠 아까 나갔다는데요.

화단에서 일어나 휴대폰을 다시 꺼냈다. 율이에게 전화를 해봤지만 여전히 전화는 꺼져 있었다.

—뭐야, 연락도 없이 어디로 사라진 거야. 혹시 다른 말 없었어?

—아니요, 그냥 저보고 먼저 나가 있으라고. 언니랑 여덟시에 같이 밥 먹기로 약속했다면서.

벌써 아홉시가 넘은 지 한참이었다. 마냥 기다릴 수는 없었다. 어째야 하나 고민하다가 일단 밥을 먹으러 가기로 했다. 근처에 갈매기살이 맛있는 집이 있다며 그녀가 앞장을 섰다.

식당 안은 연기로 매캐했다. 그녀는 익숙하게 창가 쪽 테이블에 자리를 잡았다.

—오빠랑 자주 오거든요. 일주일에 두세 번은 오는 것 같아요.

그녀가 갈매기살 이 인분과 소주 한 병을 주문했다.

—율이 오빠와는 오래됐어요?

젓가락을 놓다 그녀를 물끄러미 쳐다봤다.

—서로 알고 지낸 지 말이에요.

—응, 육 년.

그녀가 한참 고개를 끄덕이더니 말했다.

—여하튼…… 멋지니까요.

—뭐?

—율이 오빠 말이에요, 어리광이 좀 있긴 하지만 그런대로 멋지잖

아요.

그녀가 불판에 고기를 올리며 흰 얼굴을 조금 붉힌 채, 배시시 웃었다. 율이 얘기를 하며 이런 식으로 웃는 여자들을 나는 몇 번이나 봐왔다. 사랑에 빠진 여자는 모두 같은 얼굴을 하고 있다. 우연히 길에서 만나 꼬리를 흔드는 이름 모를 강아지처럼, 하늘하늘 공중을 떠돌다 불현듯 손바닥 위로 떨어진 봄날의 벚꽃잎처럼 다정하고 아름다웠다. 그녀의 미소를 보며 나는 노스탤지어를 느꼈다.

—언니, 무슨 생각 해요?

그녀의 물음에 퍼뜩 정신을 차리고 둘러댔다.

—율이는 같이 저녁 먹자고 하더니 어디로 사라진 걸까.

—아스트랄계로 흡수된 게 아닐까요.

그녀가 특유의 명랑한 웃음을 터뜨렸다.

그녀는 고기와 술을 번갈아 먹으면서 셰에라자드처럼 끝없이 이야기를 쏟아냈다. 술이 꽤 센 모양이었다. 그녀의 하얀 목덜미에 파란 혈관이 도드라졌다. 나는 말없이 고기만 구웠다. 시간이 갈수록 그녀의 팔꿈치가 자꾸 탁자 밑으로 미끄러지고 고개가 옆으로 기울었다. 그녀가 소주 한 병을 더 시키더니 불쑥 말을 꺼냈다.

—아 참, 오늘 마트 앞에서 율이 오빠 어머니를 봤어요.

잠시 그녀의 말이 이해가 되지 않았다.

—어디서, 누구를?

—율이 오빠 어머니 말이에요, 오빠랑 푸드코트에서 점심 먹고 바람이라도 쐬려고 밖에 나갔는데 빨간 조끼를 입은 사람들이 행인들에

게 전단지를 나눠주고 있더라고요. 한쪽에서는 천막을 치려는지 부산스럽게 움직이고 있었고요. 근데 조금 있으려니까 마트 보안요원들이 그걸 막는 거예요.

불현듯, 며칠 전 거리에서 만난 율이 어머니와 할머니가 나누었던 얘기가 떠올랐다. 대형마트 앞에서 천막농성을 할 계획이라던 율이 어머니의 까맣고 단호한 얼굴도.

그녀는 손에 든 소주잔을 단숨에 비우고는 말을 이었다.

─처음에는 실랑이 정도였는데 점점 상황이 심각해졌어요. 서로 몸으로 밀치기도 하고 큰소리가 나기도 하고. 지나가던 차들도 속도를 줄이고 쳐다볼 정도로요. 그런데 갑자기 같이 구경하던 율이 오빠가 엄마, 하고 중얼거리는 거예요.

상상만으로 뒷골이 마비된 듯 서늘해졌다. 내가 아무 말도 못 하고 쳐다보기만 하자 그녀가 테이블 위에 팔꿈치를 기대며 말했다.

─내가 엄마? 하고 물으니까 율이 오빠가 넋이 나간 표정으로 고개를 끄덕이더라고요. 꼭 지금 언니 표정처럼 턱이 쭉 빠져서는. 그러는 사이에 다 쳐지지도 않은 천막들이 쓰러지고, 조끼를 입은 사람들이 그걸 몸으로 막고, 천막에 연결된 쇠사슬이 함부로 막 휘둘러지고.

─그 얘기를 왜 이제야…… 율이 어머니는?

─정확히 누가 율이 오빠 어머니라는 건지 살펴보고 있는데 보안요원에게 무언가를 따지던 여자분이 저랑 눈이 딱 마주쳤어요. 저도 모르게 꾸벅 인사를 하니까 그분이 눈이 휘둥그레져서는 율아! 하고 큰 소리로 부르는 거예요.

나도 모르게 상체가 뒤로 빠졌다. 율이와 율이 어머니가 서로를 응시하는 광경을 칼로 잘라내 눈앞에 들이민 것 같았다.

—그 소리에 율이 오빠가 헉, 하고 숨을 멈추더라구요.

—그래서, 율이가 보안요원들을 말리러 갔어?

그녀가 고개를 갸우뚱거리며 말했다.

—그게 말이에요, 자기가 입은 마트 유니폼을 내려다보더니 장승처럼 꼼짝 않고 뻣뻣하게 서 있더라고요. 눈동자는 마취총 맞은 동물마냥 멍해가지고. 그러다 도망치듯 매장 안으로 뛰어들어갔어요. 저도 황급히 따라갔지만 어디로 사라진 건지 한참을 안 보이다가 오후 근무가 시작되고 사십 분이나 지나서야 다시 나타났어요. 매니저는 얼굴이 벌게져서 일 끝나고 두고보자며 씩씩거리고.

—오후근무를 하긴 했단 말이야?

—그게…… 내내 간장병만 쳐다보고 있더라고요. 무슨 영험한 불상이라도 바라보듯이 간절하게. 아, 언니, 나 화장실 좀.

애써 중심을 잡으며 자리에서 일어난 그녀는 비틀거리며 화장실로 향했다. 식당 곳곳에 달린 붉은색 조명이 그녀의 뒷모습을 어슴푸레 비추었다.

17

율이는 이틀째 전화를 받지 않았다. 마트에도 나타나지 않는 모양이었다. 율이 여자친구는 나에게 전화를 걸어 잠수타는 남자는 질색이라며 마구 화를 냈다. 좋아하는 감정도 싫어하는 감정도 확실하게 표현하는 것이 그녀의 연애방식인 것 같았다. 그녀는 지난번 사귀었던 남자친구도 싸우기만 하면 전화기를 끄고 잠수를 타는 바람에 헤어졌다며, 남자들은 도대체 왜 그러는지 모르겠다고 한참 동안 푸념을 늘어놓았다. 율이가 갑자기 마트에 나가지 않아 간장 판매가 곤란하지는 않은지 묻자 대체 아르바이트생은 얼마든지 있다고 투덜거렸다. 얼마든지 대체될 수 있다는 그 말이 어쩐지 쓸쓸하게 느껴졌다.

나는 여전히 낮에는 개미슈퍼에서 일을 했다. 잠깐씩 마주치는 율이 어머니는 별말이 없었다. 율이 어머니는 그저 묵묵히 해야 할 일을 계속할 뿐이었다. 낮에는 대형마트 입점 반대모임으로 바빴고 밤에는 개미슈퍼를 지켰다. 내가 먼저 무언가를 묻기에는 율이 어머니의 얼굴이 너무도 담담했다. 입이 떨어지지 않아, 할 수 없이 나도 주어진 일들을 해낼 뿐이었다.

율이는 대체 어디로 사라진 걸까. 아는 후배 작업실에서 생라면과 소주만 먹으며 울고 있거나, 근처 찜질방 수면실에서 하염없이 내리 잠만 자거나, 발길 닿는 대로 전국 곳곳을 걸어다니고 있을지도. 이미 벌어진 일이고, 어머니는 대수롭지 않게 여기는 모양인데 혼자서 과도한 자책과 후회를 반복하고 있을 게 뻔했다. 어머니에 대한 문제라면 율이는 히스테릭할 정도로 예민하니까. 가까이 있으면 목뼈라도 지그시 눌러줬을 텐데. 조금 걱정이 되었다.

답답한 마음에 개미슈퍼 문을 열고 기지개를 켰다. 이제 여름도 서서히 지나가고 있는지 저녁 무렵이면 선선한 바람을 느낄 수 있었다. 하루종일 손님이 별로 없었다. 다섯시 넘어 슈퍼에 들른 칸트와 잠깐 대화를 나눈 것 빼고는 내내 입을 다물고 있었다. 칸트는 최근에 작업한 그림에 대해서 이야기를 했다. 분위기와 말투, 어깨를 찡긋하는 움직임이 좋아 나는 그저 듣고만 있었다. 칸트는 자신이 일하는 카페로 놀러 오라는 말을 남기고 개미슈퍼를 나섰다.

거리는 한산했다. 구경할 게 별로 없는 평범한 풍경이었다. 나는 휴대폰을 꺼내 구글맵을 켰다. 검색창에 우리 동네 주소를 입력했다. 스트리트뷰를 터치하자 익숙한 동네 사진이 화면에 떴다. 주민센터 근처 풍경이었다. 푸른 가로수와 빽빽하게 달린 간판들, 들쑥날쑥한 높이의 건물들. 앞치마를 두른 채 걸어가는 중년 여자와 배달물을 가득 신고 달리는 오토바이, 책가방을 메고 나란히 걸어가는 초등학생들이 차례로 비쳤다. 화면을 터치하며 특별할 것도 없는 것들을 한참 동안 바라보던 나는 고개를 들어 골목 끝을 살폈다. 휴대폰 속 거리와 눈앞의 거리가 묘하게 이어지는 느낌이었다. 요구르트를 파는 아주머니와 유모차를 밀고 가는 젊은 여자, 그 사이로 율이 어머니가 걸어오는 게 보였다. 고개를 숙여 인사했지만 율이 어머니는 무슨 생각을 하는지 골똘한 얼굴로 발끝만 바라보며 걸을 뿐이었다. 개미슈퍼 앞에 와서야 율이 어머니는 나를 알아봤다.

—수고했어, 이레야.

슈퍼 안으로 따라 들어간 나는 율이 어머니에게 썰렁한 장부를 보여드렸다.

―우유가 자꾸 남아요.

율이 어머니는 냉장고로 가 우유와 요구르트, 두부, 콩나물의 유통기한을 살피며 물었다.

―할머니는 어떠시니?

―그럭저럭 잘 지내세요.

―어제 시장에서 뵀는데 혈색은 괜찮아 보이시더라. 목소리도 제법 기운차시고. 그래도 곁에서 잘 살펴드려.

―네.

율이 얘기를 묻고 싶었지만 입이 떨어지지 않았다. 괜히 과자봉지들을 정리하며 어물거렸다.

―슈퍼는 어쩌실 거예요?

―여러 가지로 의논중이야. 조합을 만들자는 의견도 있고, 지역장터도 생각중이고.

율이 어머니의 얼굴에 의욕이 넘쳤다.

―그만 가봐도 돼. 내일도 슈퍼 봐줄 수 있지?

―네. 근데 율이는⋯⋯

통조림을 정리하던 율이 어머니가 돌아보았다. 나는 조심스럽게 말을 꺼냈다.

―율이는, 연락 왔어요?

―아니.

몇 개월간 햇볕에 그을려 까무잡잡해진 율이 어머니가 허탈하게 웃었다.

—걔가, 좀 예민한 편이야. 내 속에서 낳은 자식인데도 유난히 어려운 자식이 있는 거 같다.

—율이가 돈 벌어서 어머니 여행시켜드린다고 했어요.

율이 어머니가 큰 소리로 웃으며 고개를 절레절레 흔들었다.

—율이 그 녀석, 굳이 바닷물을 다 마셔봐야 짜다는 걸 알고 불속에 팔을 넣어봐야 뜨거운 걸 알 놈이야.

율이 어머니에게 인사를 하고 개미슈퍼를 나섰다. 조금씩 해가 기울고 있었다. 길을 따라 심어진 플라타너스의 녹음이 짙었다. 푸르른 녹음 사이로 멀리 재개발중인 아파트단지가 보였다. 얼마 전 공사를 끝낸 단지 건너편에 새로운 단지가 또 들어서고 있었다. 수직으로 일제히 발기하듯 우뚝 선 아파트들이 새삼 낯설게 느껴졌다. 언제까지고 끈질기게, 멈추지 않고 하늘로 솟구칠 듯한 건물들. 더이상 지평선과 함께 자랄 수 없는, 드라마 세트처럼 생명력 없어 보이는 콘크리트. 불현듯 칸트와 함께 갔던 동네가 떠올랐다. 세상에 남은 마지막 돌고래. 그 야트막한 수평의 감각들이 그리웠다.

나는 〈들어주는 사람〉 사무실 쪽으로 향했다. 남사장이 며칠 전 사무실에 한번 들르라고 전화를 한 터였다. 한 달 넘게 사무실에 들르지 않아서인 것 같았다. 들어주는 일에 조금씩 익숙해지면서 남사장의 도움을 받을 일도 점점 줄어들었기 때문이다.

사무실에 도착하자 이 미터 거구의 남사장이 벌떡 일어나 나를 반겼다. 한동안 면도를 하지 않았는지 턱수염이 덥수룩하게 자라 있었다.

―자네, 이제 일한 지 석 달이 다 되어가지? 어때, 조금 익숙해졌을 것 같은데.

―네, 진땀나는 상황은 점점 줄어들긴 해요. 그나저나 수염을 기르니까 딴사람 같네요.

―하하, 귀찮아서 며칠 그냥 뒀어.

멋쩍은 듯 턱을 어루만지던 남사장은 분주하게 차 끓일 준비를 했다. 나는 소파에 기대앉아 사무실을 둘러보았다. 창가에 못 보던 화분 몇 개가 놓여 있을 뿐 변한 건 없는 것 같았다. 남사장이 입은 건담 티셔츠도 나이키 운동화도 그대로였다. 남사장이 유자차를 내려놓으며 말했다.

―회원 수를 좀더 늘려주려고 불렀어. 뭐, 오랜만에 얼굴도 볼 겸.

―사업이 잘되시나봐요.

―그만큼 외로운 사람들이 많다는 얘기지. 이상하게 전화를 하자마자 우는 사람들이 점점 많아져. 요즘 단체로 그런 시기인가봐.

남사장이 프린터 쪽으로 가서 새로운 명단을 가져왔다. 지난번보다 아홉 명이 더 늘어난 숫자였다.

―매일 통화를 원하는 사람은 한 명뿐이고 거의 이삼 일에 한 번씩이니까, 그다지 힘들지는 않을 거야. 그나저나 저녁은 먹었나?

―아니요, 아직.

―그럼 뭐라도 좀 시켜 먹을까.

―네, 오늘은 저녁 먹고 그냥 사무실에서 고객들과 통화를 해야겠어요.

남사장은 중국집에 전화를 걸어 주문을 했다. 그리고 대걸레를 가져다 사무실 바닥을 닦기 시작했다. 남사장은 시도 때도 없이 자주 걸레질을 하고 정리를 했다. 나도 도와야 되나 싶어 자리에서 일어나 개수대 쪽으로 향하자 남사장이 손을 저으며 말렸다.

─그냥 앉아서 차나 마셔.

나는 엉거주춤 다시 소파에 걸터앉았다.

─청소를 좋아하시나봐요.

─이런저런 생각으로 복잡할 때는 청소가 최고야. 특히 냉장고 청소가 특효지. 아쉽게도 사무실엔 냉장고가 없지만.

유자차를 다 비울 때쯤 배달원이 도착했다. 남사장과 마주앉아 묵묵히 짜장면을 먹었다. 율이 생각으로 머리가 복잡했다. 다 먹고 난 뒤에 나도 청소라도 거들어볼까 싶었다. 하지만 짜장면을 다 먹고 나자 이내 졸음이 쏟아졌다. 율이 때문에 지난밤 잠을 설친 탓이었다. 나는 남사장에게 잠깐 눈을 붙이겠다고 말한 뒤 소파에 깊숙이 몸을 기댔다. 남사장은 손걸레로 창틀을 구석구석 닦느라 여념이 없었다.

불편한 자세로 순식간에 잠이 들어서인지 꽤나 복잡한 꿈을 꿨다. 아스트랄계에서 나는 지렁이의 모습을 하고 있었다. 열심히 흙속을 파고들어 토양을 비옥하게 만들고 축축한 땅속이 기분좋아 그 속에 한참을 웅크리고 있기도 했다. 영원히 계속되는 어둠 속에서 마냥 있고 싶었다. 첩첩이 고인 육욕을 버리고 평화롭고 온화하게.

그런데 어느 순간 엄청난 고통과 함께 내 몸의 체벽이 찢어지며 무언가가 튀어나왔다. 작게 꼬물거리는 그것을 어둠에 익숙한 눈으로 살피자 흐릿한 얼굴이 보였다. 율이였다. 율이는 나에게로 다가와 품으로 파고들었다. 아닌데, 이게 아닌데, 하면서도 나는 율이를 내 겨드랑이에 품어주었다. 외로움과 불안감이 각 체절마다 알알이 새겨졌다.

꿈에서 깬 나는 눈도 덜 뜨고 겨드랑이를 마구 비볐다. 서류를 정리하던 남사장이 어리둥절한 표정으로 나를 쳐다봤다.

—뭐야, 모기라도 물렸어?

—꿈을 꿨어요.

머쓱해진 나는 몸을 일으켜 시간을 확인했다. 고객에게 전화할 시간이 가까웠다. 정신을 차리기 위해 개수대로 가서 찬물로 세수를 했다. 꿈 때문인지 잠들기 전보다 더 피곤한 기분이었다. 온몸이 땀으로 젖어 있었다. 심장의 박동이 거셌다. 율이에게 무슨 일이라도 있는 걸까. 나는 주머니에서 휴대폰을 꺼내 율이에게 전화를 걸었다. 역시나 전화를 받지 않았다. 두 번 더 전화를 걸었지만 마찬가지였다.

할 수 없이 소파로 돌아와 명단을 꺼내고 통화해야 할 고객을 확인했다. 첫번째 고객은 이번에도 '구덩이' 고객이었다. 시계의 초침을 지켜보던 나는 시간에 맞춰 전화를 걸었다. 단조로운 신호음이 울리고 그가 전화를 받았다. 나는 그가 듣고 싶다고 작성한 문장을 말했다.

—당신에게 구덩이란?

그가 곧바로 구덩이 이야기를 꺼내지 않고 침묵을 지켰다. 평소답지 않았다. 나는 다시 한번 물었다.

—당신에게 구덩이란?

　그가 웃는 건지, 헛기침을 하는 건지 묘한 소리를 내더니 말을 꺼냈다.

　—그것보다, 오늘 학회에 갔었는데 말이야.

　그가 구덩이 말고 다른 얘기를 꺼낸 건 처음이었다. 놀라운 일이었다. 내가 아직 잠이 덜 깬 건지 싶었다.

　—학회에 가셨었군요.

　—매번 그렇듯이 재미도 감동도 없는 내용들만 줄줄 늘어놓더라구. 할 수 없이 프린트물만 노려보며 시간이 빨리 가기를 기다렸지.

　얼떨떨한 내 기분을 전혀 모르는 듯 그는 자연스럽게 이야기를 이어갔다.

　—근데 갑자기 글자 중 'ㅇ'이 빨려들듯 시야에 들어오잖아. 마치 입을 쫙 벌리고 있는 작은 새의 목구멍 같기도 하고 좁고 깊은 구덩이 같기도 했지. 어쩐지 불쾌해서 나는 볼펜으로 모든 'ㅇ'을 색칠하기 시작했어. 아주 집요하고 꼼꼼하게 그 구멍들을 채웠어. 세 장짜리 프린트물에 흩어져 있는 'ㅇ'들을 모두 다 칠했을 때야 발제자가 잠깐 쉬었다 하자며 단상을 내려가더군. 피곤해진 나는 책상 위에 엎드려 버렸지.

　또다시 구덩이 이야기군. 어쩐지 맥이 풀린 나는 허탈한 목소리로 중얼거렸다.

　—프린트 속 글자까지 구덩이로 보이다니 피곤할 만하네요.

　그가 흠, 하고 잠시 틈을 두더니 평소답지 않게 조금 높은 톤으로 말을 꺼냈다.

—한참을 엎드려 있는데 누군가가 나를 쿡, 찌르는 거야. 고개를 들었더니 웬 여자가 볼펜을 들고 웃고 있었어. 내가 뭐야, 하고 묻자 그녀가 내 앞으로 자신의 프린트를 쑥 내밀더라구.

반전인가? 나도 모르게 몸이 꼿꼿이 긴장됐다.

—자세히 보니 프린트 속 모든 'ㅇ'이 꽃으로 변해 있었어. 테두리를 둘러가며 잔뜩 꽃잎을 그려넣었더군. 아니, 그뿐이 아니라 아주 여러 그림을 그려넣었더라구. 'ㅁ' 위에 작은 지붕을 첨가해 집을 만들기도 하고, 'ㄱ' 끝에 머리와 발을 그려넣어 인사중인 사람을 만들기도 하고, 'ㄸ'의 끝을 막아 창문을 만들기도 하고.

—어쩐지 귀엽네요.

—연갈색 머리카락의 중성적인 분위기를 풍기는 여자였어. 프린트 맨 위쪽을 보니까 Y라는 이니셜이 눈에 띄더군. 그날 세미나장을 나와 Y와 함께 근처 대학가 술집에서 해물파전과 막걸리를 마시며 별과 꽃, 사람과 집, 창문 그리고 구덩이와 아버지에 대해 아주 긴 이야기를 나누었어.

그에게 생긴 변화가 너무나 반가웠다. 늦여름의 대학가 주점, 저녁 어스름, 김이 모락모락 나는 안주, 그 너머로 소곤소곤 나누는 이야기, 간간이 들려오는 웃음소리가 차례로 떠올라 내 얼굴에도 저절로 미소가 지어졌다. 그가 다시 입을 열었다.

—참으로 오랜만이었지. 누군가와 얼굴을 마주하고 편안하게 구덩이 얘기를 한 게. 문득 그런 생각이 들더군. 이렇게 누군가와 얼굴을

마주하고 앉아 이야기를 나누면서 동감하고 오해하고 다시 화해를 하고 싶다고. 무엇보다 그녀의 웃는 얼굴이 좋았어. 초승달을 떠올리게 하는 웃음이랄까. 구름이 스르르 비켜나면서 살며시 드러나듯 애틋하게 빛나는 미소 말이야. 그래서 얘기했지.

—뭐라고요?

—시간 있으면 나 좀 좋아해달라고.

나는 자리에서 벌떡 일어나 기립박수라도 치고 싶은 심정이었다. 세 달 가까이 구덩이 얘기만 반복하던 고객이 아니었던가. 과장이 아니라 진심으로 눈물이 나올 것만 같았다. 마음이 통하는 두 사람이 마주보고 앉아 서로의 이야기를 나눈다는 것의 무한한 가치를 그가 오래도록 기억했으면 싶었다. 나는 그의 어깨를 두드리는 심정으로 나지막이 말했다.

—정말이지 적절한 부탁을 했네요.

그는 남은 시간 동안 구덩이 대신 Y에 대한 이야기를 더 하더니 통화를 끝낼 시간에 맞춰 먼저 Bye, 하고 인사를 한 뒤 전화를 끊었다.

전화를 끊은 뒤에도 전에 없이 활기찬 그의 목소리가 귓가에 맴돌았다. 물론 다음번 통화에 또다시 구덩이 이야기를 늘어놓을 수도 있지만 여하튼 지금 그에게 생긴 작은 변화가 내 일처럼 기뻤다.

—왜 그렇게 싱거운 웃음이야?

남사장의 물음에 나는 그냥요, 하고 또 웃기만 했다. 어쩐지 통화내용을 혼자서만 알고 싶은 기분이었다. 남사장은 싱겁긴, 하고 중얼거리고는 다시 걸레질에 열중했다.

18

칸트의 집은 가구며 살림이 거의 눈에 띄지 않았다. 칸트는 나에게 앉으라고 권하며 바닥에 앉았다. 나는 집안을 둘러보며 말했다.

—분위기가 굉장히 심플하네요.

—소파도 테이블도 없고, 거실이 좀 허전하죠?

칸트의 말투에 자부심과 행복이 넘쳤다.

—네, 평범한 집과는 조금 다르네요. 이삿짐이 모두 빠진, 빈집 같아요.

—사자는 말이죠, 배가 부르면 미련 없이 그만 먹어요. 남은 식량을 은행에 저금하거나 후손들을 위해 보관하지도 않죠.

뜬금없는 말에 어안이 벙벙해 물었다.

—사자라니, 혹시 어홍, 하고 우는 동물의 왕 말이에요?

칸트가 빙긋 웃으며 대답했다.

—전 사자처럼 사는 게 목표예요. 그래서 우리집에는 식탁도, 의자도, 금고도, 보험증명서도 없죠.

참으로 야생적인 라이프스타일이었다. 나와 칸트는 어깨를 찡긋거리며 마주보고 웃었다.

처음부터 마음먹고 칸트의 집을 방문한 것은 아니었다. 연락이 되지 않는 율이 때문에 답답해진 나는 맥주 생각이 간절해 칸트가 일하는 카페를 찾았다. '오래된 노래'란 이름의 작은 카페였는데 간단한 식사와 술을 판매하고 있었다. 테이블이 많지 않은, 아담한 느낌을 주는 곳이었다. 그곳에서 맥주를 한잔하던 중 칸트에게 그가 그린 그림이 보고 싶다고 말하자 칸트는 주저 없이 보러 가자고 했다. 징이 박힌 가죽조끼를 입은 주인이 오자 우리는 〈오래된 노래〉를 나와 칸트의 집으로 향했다. 갑작스레 집까지 방문하게 되다니 조금 신경이 쓰이기는 했지만 스스럼없는 칸트의 태도에 나도 자연스럽게 따라오게 되었다.

—그런데 그림은 어디 있어요?

주변을 두리번거리며 묻자 칸트가 집안에 하나밖에 없는 방을 손가락으로 가리켰다.

—아, 저 방에요.

—구경 좀 해도 될까요?

—물론이죠.

칸트가 자리에서 일어나며 따라오라는 듯 손짓했다.

삐걱거리는 문을 열고 들어서자 방 한쪽 면 전체에 거대한 그림이 그려져 있었다. 바닥에는 종이와 펜 들이 어지럽게 널려 있었다. 나는 그것들을 밟지 않도록 조심하며 그림을 마주하고 섰다. 포기도 각오도 아닌, 무언가를 추억하거나 후회하는 듯 미묘한 표정의 여자가 창가를 향해 나체로 서 있었다. 방안에는 여자 혼자뿐이었다. 여자 뒤편으로 보이는 침대에는 방금 사람이 빠져나온 듯 이불이 흐트러져 있었다. 진한 햇살과 기다란 그림자가 그림 아래쪽을 가로질렀다. 멍하니 시야가 흐려졌다. 눈앞에 있는 어떤 것을 보고 있지만, 그 어떠한 것이 점점 나 자신으로 변해가고 있는 기분에 사로잡혔다. 어디선가 많이 본 듯한데도 왠지 낯선, 익숙한 공간인 것 같은데도 생소한, 햇살은 따사로워 보이지만 방안을 채우는 공기는 우울하고 쓸쓸한 느낌.

—외로워 보여요.

칸트가 무심한 목소리로 대꾸했다.

—본인의 기분을 투사한 걸지도 몰라요.

잠시 침묵이 흐르고 내가 먼저 말을 꺼냈다.

—그림 속 여자 말이에요. 햇살에 자신의 맨몸을 비추며 무슨 생각을 하고 있는 걸까요.

—그저 담배를 피우고 있는 중인지도 모르죠.

그러고 보니 여자의 손에 가느다란 담배가 끼워져 있는 게 보였다.

—담배, 피워본 적 있어요?

칸트의 물음에 나는 고개를 저었다.

—나는 첫사랑에게 배웠는데 그 사람과 헤어지고 끊어버렸어요.

—호두?

—네, 호두요.

칸트가 기다렸다는 듯 주머니에서 호두 두 알을 꺼내 손안에서 굴렸다. 무용지물의 호두 두 알이 달그락거리는 소리가 방안 가득 퍼졌다. 그 소리가 내 안의 무언가를 천천히 자극했다. 마음속 깊은 곳, 몽클몽클한 말들이 회오리쳤다. 나는 내가 동요하는 것을 깨닫고 숨을 골랐다. 천천히, 천천히. 하지만 그것은 이내 소리가 되어 자연스럽게 흘러나왔다.

—좋아하는 사람이 있어요.

칸트는 아무 말도 없이 고개를 끄덕였다.

—고백을 못 하겠어요.

한번 시작한 말은 거침없이 이어졌다.

—외로워질까봐 겁이 나요.

칸트가 내 얼굴을 가만히 들여다보며 나지막한 목소리로 말했다.

—비가 내리려고 하자 강에 뛰어들어 홀딱 젖은 채 아, 그래도 비는 안 맞았다, 하는 꼴이네요.

나는 머쓱하게 웃어버렸다. 나 자신을 지나치게 드러내버렸다는 후회와 드디어 털어놨다는 시원함이 뒤섞였다. 아프고 기뻤다. 묘한 기분이었다. 누군가에게 자신의 이야기를 하는 건 생각보다 괜찮은 일인지도 몰랐다. 고객들도 이런 기분이었을까. 문득 〈들어주는 사람〉의 고객들이 떠올랐다.

방에서 나온 우리는 거실에 앉아 늦은 저녁을 먹었다. 메뉴는 두부와 우유, 마른 김과 오이였다. 황희 정승의 밥상보다 심플한 밥상을 앞에 두고 칸트와 마주앉았다. 텅 빈 공간에 오이 씹는 소리가 아작아작 울렸다. 나는 우유를 한 모금 마시고 고백했다.

—저는 전생에 지렁이였대요.

—오호. 그래서 현생에 그렇게 외로워하는군요.

—무슨 뜻이죠?

칸트가 사뭇 진지한 표정으로 대답했다.

—자웅동체잖아요, 지렁이는.

—아놀드가 아니라 파브르네.

칸트가 어깨를 으쓱해 보이곤 대꾸했다.

—지렁이는 곤충이 아닌데.

우리는 김에 두부를 싸먹으며 현생에 꼭 이루고 싶은 것들에 대해 말했다. 칸트는 호두나무를 심고 싶다고 했다. 나는 할머니와 여행을 하고 싶다고 말했다. 우리는 다음 생에 대한 이야기도 나누었다.

—이레씨는 다음 세상에 무엇으로 태어나고 싶어요?

다음 세상 같은 거 생각해본 적 없었지만 불현듯 떠오르는 장면이 있었다.

—엄마요.

—그건 현생에서도 가능하지 않나요?

나는 고개를 가로저었다.

—그 사람 엄마요.

—좋아하는 사람?

—네, 물고 빨고, 잘해줄 거예요.

한층 낮은 목소리로 칸트가 중얼거렸다.

—어쩐지 야하다.

19

우리는 고통을 통해서만 배운다.

기적의 출발점은 불가능이다.

꿈은 신나면서도 두려워야 한다.

기분좋은 것에 이끌려 위대한 것을 놓치지 마라.

많이 하기보다는 남김없이 하라.

노력이란 강력한 재능이다.

나는 두려움과 상의하지 않겠다.

상처는 결국, 별이 된다.

도전할 것인가, 도망칠 것인가.

승자는 희망하는 자가 아니라 버티는 자다.

어디로 가는지 모른다면 어디로도 갈 수 없다.

실패와 포기는 다르다.

목표는 에너지를 창조한다.

아이는 기대만큼 자란다.

어이가 없어진 나는 할머니가 준 쪽지를 다시 내밀었다.

—이게 뭐야.

할머니가 블루베리케이크를 우물거리며 말했다.

—청춘에게 고함.

—말도 안 돼. 어디서 베꼈어.

—베끼긴. 내가 썼지.

—목표가 에너지를 창조하고, 아이는 기대만큼 자란다고?

내가 빤히 쳐다보자 할머니가 짧은 웃음을 터뜨리며 말했다.

—사실은, 동네 재수학원 진단지에서 베꼈어. 네가 요즘 하도 기운이 없어 보여서 힘 좀 내라고.

할머니는 텔레비전 리모컨을 이리저리 눌렀다. 어처구니가 없어 나도 웃음이 나왔다.

율이 이야기를 할까 하다가 텔레비전 볼륨이 너무 커서 그만두었다. 율이는 일주일째 연락이 안 됐다. 나흘째까지는 전화를 하면 신호는 갔는데 어제부터는 배터리도 다 됐는지 전화기가 꺼져 있다는 멘트만 흘러나왔다.

—이레야.

내가 쳐다보자 할머니는 여전히 텔레비전에서 눈을 떼지 않으며 말했다.

—나 죽으면 제사지낼 필요 없어. 제삿날엔 이레 네가 쌍용각에 가서 짜장면 곱빼기 하나 시켜놓고 잠시 내 생각 한 다음 맛있게 먹어주면 돼.

—무슨 소리야, 할머니 어디 안 좋은 거 같아?

놀란 내가 바짝 다가앉자 할머니가 나를 보며 웃었다.

—안 좋긴. 케이크가 맛나기만 하다. 어차피 탕국이나 전 같은 거전혀 내 취향이 아니야. 그것보단 짜장면이 훨씬 낫지.

—쓸데없는 소리 하지 마. 홍동백서, 조율이시에 맞춰서 상다리가휘어지게 차릴 거야.

할머니가 넌지시 나를 보며 말했다.

—사라진다는 것은 모든 존재의 숙명이야.

—제발 좀, 책에나 나올 법한 말은 그만둬.

울화가 치미는 동시에 가슴이 먹먹해졌다. 더이상 말을 이을 수가 없어서 입술을 꾹 닫았다. 콧등이 시큰했다.

—율이는 아직 연락 없니?

나는 고개를 숙이고 중얼거렸다.

—전화 오면, 마구 욕해줄 거야.

존재의 숙명을 안고 사라져버릴 할머니와 연락이 되지 않는 율이. 외톨이처럼 쓸쓸했다. 꾹꾹 눌렀던 감정이 새어나왔다. 눈가가 축축이 젖었다. 할머니가 내 등을 부드럽게 쓸어주며 말했다.

—그런 느낌에 흠뻑 젖는 시절을 마음껏 누려야 돼.

나는 아무 말도 하지 않고 텔레비전 화면만 응시했다. 화면 가득 남극의 풍경이 펼쳐졌다. 푸른빛이 도는 눈 위로 미끄러지듯 계속되던 화면에 갈색 스웨터를 입고 검은색 목도리를 두른 체격 좋은 남자가 비쳤다. 남자는 남극으로부터 팔백 킬로미터가 떨어진 섬에 지은 방 한 칸짜리 오두막에 사는 사나이였다. 그는 양 세 마리와 토끼 한 마리 그리고 말 한 마리를 기르며 혼자 살아가고 있었다. 또 십팔 년 동안 과일을 먹지 않고, 이십육 년 동안 어머니를 만나지 않았다고 했다. 죽은 후에는 차가운 호수에 묻히기를 원한다고 말하는 그의 눈빛이 결연했다. 손에 든 전기톱 말고는 아무것도 상실할 것이 없다는 듯 무표정한 얼굴이었다. 혹시 그도 사랑하는 사람을 잃어버린 적이 있는 건 아닐까. 미간을 잔뜩 찌푸리고 카메라를 노려보는 그가 어쩐지 낯설지 않았다.

복수와 화해를 거듭하는 미니시리즈와 이태원의 맛집을 소개하는 요리 프로, 오지에서 사는 한 가족을 사흘간 촬영한 다큐멘터리를 보고 나서야 할머니는 꾸벅꾸벅 졸았다. 나는 얇은 이불을 가져와 할머니의 배를 덮어주었다. 새근거리는 할머니의 숨소리가 새삼 귓가에 또렷하게 들렸다. 언젠가 할머니의 숨소리도 사라지는 순간이 오겠지. 은빛으로 빛나는 귀밑머리도, 우스운 얘기를 할 때면 동그랗게 말린 채 들썩거리던 어깨의 움직임도. 괜히 기분이 우울해져 리모컨을 눌러 이리저리 채널을 바꿨다. 무의미하게 바뀌던 화면이 멈추었다. 홈쇼핑에서 발모제를 팔고 있었다. 한때 멍청한 도둑 캐릭터로 인기를 끌었던 코미디언이 제품을 시연하는 중이었다. 얼핏 보기에는 반질반질한 민머리였지만 화면에 클로즈업되자 보송보송한 솜털이 보였다.

—제2의 인생이죠. 새로운 삶이 시작된 거예요.

코미디언은 머리가 빠지면서 자신감을 잃어 출연하고 있던 프로그램마저도 하차하게 되었다고 했다. 그런데 머리에 솜털이 나는 것을 보면서 다시 용기를 얻었다며 연신 주먹을 쥐어 보였다. 쇼호스트는 자리에서 일어나 코미디언의 머리를 유심히 내려다보며 감탄사를 연발했다. 손바닥으로 코미디언의 머리를 조심스럽게 쓰다듬으며 마치 새끼 고양이를 만지는 기분이라고 즐거워했다. 진심인지, 연기인지는 몰라도 나는 그들의 단순하고 의욕적인 모습에 마음이 끌렸다. 서로의 두피를 번갈아 내려다보며 과장되게 기뻐하고 축하하는 모습이 우습지만 싫지 않았다.

화면을 지켜보던 나는 자고 있는 할머니의 정수리를 내려다보았다. 흰머리 사이로 연한 분홍빛의 두피가 보였다. 손가락으로 두피를 살

살 만져보았다. 할머니가 성가셨는지 끙, 하는 소리를 내며 몸을 뒤척였다. 누군가의 겨드랑이를 슬쩍 훔쳐본 듯 묘한 기분이었다. 그거 하나 사야겠다. 대머리 코미디언이 나와서 광고하는 발모제 말이야. 지난번 목욕탕에서 할머니가 웃으며 말했던 게 떠올랐다.

나는 휴대폰을 꺼내 텔레비전 화면에 안내된 전화번호를 눌렀다. 안내멘트에 따라 번호를 입력하고 발모제 한 세트를 구매했다. 할머니가 거울 앞에서 고개를 숙이고 열중해서 발모제를 바르는 모습을 상상하자 기분이 좋았다. 그 소박하고 일상적인 행위가 할머니의 삶을 새롭게 채워주길 간절히 바랐다. 위태롭고 모호한 시간들이지만, 언젠간 모두 사라져버릴 것을 알지만 할머니가 즐겁게 도넛을 먹고 블랙커피를 마시며 남자친구와 소설에 대해 토론하고 옅은 분홍빛 립스틱을 계속 바르기를 간절히 희망했다. 아마도 그것들은 내 눈과 귀와 살갗에 고스란히 남으리라. 주문을 한 뒤에도 나는 할머니 곁에 누워 코미디언이 자신의 머리를 황홀한 표정으로 만지작거리는 모습을 한참이나 시청했다.

선잠에서 깬 할머니가 방으로 들어가고 난 뒤 나도 텔레비전을 끄고 방으로 들어왔다. 책상에 앉아 휴대폰을 만지작거렸다. 율이의 목소리를 듣고 싶었다. 전화를 걸어보았지만 여전히 전화기가 꺼져 있다는 멘트만 흘러나올 뿐이었다.

책상 위 카프카의 책이 눈에 띄었다. 몇 주 전에 율이가 건넸던 책이었다. 카프카의 단편소설집을 준 뒤 연달아 권한 책이었다. 표지에는 '카프카의 편지—약혼녀 펠리체 바우어에게'라고 쓰여 있었다. 두

꺼운 책 어딘가를 손으로 더듬어가며 펼쳤다. 내키는 대로 읽다가 한 페이지에서 시선이 멈췄다.

1912년 11월 4일

지금은 월요일 오전 열시 반입니다. 토요일 아침 열시 반부터 편지를 기다리지만 아무것도 오지 않는군요. 저는 날마다 편지를 씁니다(이 말은 결코 원망 섞인 말이 아닙니다. 편지를 쓴다는 것은 행복한 일이니까요). 그런데도 단 한마디의 답장도 받을 자격이 없나요? 단 한마디라도요? 설사 그 답장이 "그대의 편지를 이제 받고 싶지 않아요"라도 말입니다. 게다가 오늘 그대의 편지는 일종의 작은 결심을 담고 있으리라 생각했습니다. 그러나 편지가 오지 않는 것도 하나의 결심이라고 믿습니다. 만일 편지가 왔다면 그 즉시 답장을 했을 것이고 이틀 동안의 끝없이 긴 시간에 대한 푸념과 함께 그 답장을 시작했을 것입니다. 이제 그대는 저를 거의 울적한 책상 옆에서 울적하게 앉아 있도록 하시는군요!

백 년 전에 쓰인 글이라는 걸 믿을 수 없을 만큼 내 상황과 유사했다. 백 년 전에도 백 년 후에도, 전생에도 현생에도, 천재에게도 범인에게도 사랑은 사랑이었다. 울적한 책상 옆에서 울적하게 앉아 편지를 기다리는 카프카의 모습을 떠올리니 어쩐지 위로받는 느낌이었다. 마음이 조금 누그러드는 것 같았다.

날카롭던 마음이 조금씩 편안해졌기 때문일까. 책을 읽다 얼핏 잠이 들었다. 옅은 잠 속에서 무언가 덩어리진 풍경들이 어른거리고 두근대는 설렘과 깊은 절망감을 번갈아 느끼던 순간, 세차게 나를 잡아 끄는 손길을 느꼈다. 집요하고 간절한 감각이었다. 까닭 모를 압박감과 초조함에 나는 전기에 감전된 듯 잠에서 깼다.

책상 위 휴대폰이 요란한 소리로 울어대고 있었다. 잘 떠지지 않는 눈으로 휴대폰 화면을 확인했다. 조그만 화면 속에서 율이의 이름이 반짝거렸다. 눈이 시렸다. 잠시 꿈같아 멍하니 그 이름을 바라보다가 전화를 받았다.

—뭐해?

귀를 통해 들리는 율이의 목소리가 내 몸 가득 퍼졌다. 오장육부가 부풀어오르는 기분이었다. 낯익고 정겨운 목소리에 가슴이 두근거렸다.

하지만 막상 전화를 받자 무슨 말을 해야 할지 알 수 없었다. 아니, 하고 싶은 말이 너무 많아 고를 수가 없었다. 잠시 침묵이 이어지고 율이가 먼저 입을 뗐다.

—별이 참 좋다.

뜬금없는 말에 오히려 가슴이 먹먹해졌다. 나는 간신히 목소리를 끌어내 물었다.

—밥은 먹고 다니는 거야?

—응, 꼬깔콘도 먹고 스크류바도 먹고 바나나우유도 먹고.

어서 돌아오라는 말이 목구멍 근처를 맴돌았지만 입 밖으로 나오지는 않았다. 또다시 침묵이 이어졌다. 휴대폰 너머로 차가 지나가는 소리가 몇 차례 들리고 율이가 담담하게 말했다.

—사실 날이 흐려서 별 같은 거 하나도 안 보여. 춥고 어둡다.

—어디야?

—전국의 영세 슈퍼를 돌아다녔어.

율이가 이야기를 그만둘까봐 나는 잠자코 있었다.

—많은 사람을 만나고 많은 얘기를 들었어.

—어머니 때문에 그러는 거야?

—아니야, 처음에는 그냥 미칠 것 같아서 집을 나왔는데, 걷고 또 걷다보니까 나도 모르게 여기까지 왔어.

—거기가 어딘데.

—시골 외삼촌댁 근처 구멍가게. 근데, 문이 닫혔어. 밤이라 닫힌 건지 원래 닫혀 있었던 건지 모르겠어. 워낙 허름해서.

아주 오래된 구멍가게 앞에서 갑작스레 생애 처음으로 뺨을 맞고 어리둥절해하는 어린아이가 떠올랐다. 그리고 배우자를 잃은 슬픔과 불안, 공포에 휩싸인 채 무기력한 눈으로 멍하니 그 아이를 바라보는 어머니의 모습도. 율이가 짐짓 밝은 목소리로 나에게 물었다.

—혹시 내 걱정 했어?

—아니, 지렁이 똥만큼도 안 했어.

마음과는 달리 비꼬는 투가 되었다.

—나 말이야…… 꼭 써야 할 얘기가 생겼어.

율이의 말투는 스스로에게 다짐이라도 하듯 진지하고 다부졌다.

―어떤 얘기?

크게 숨을 들이쉬었다 내쉰 율이가 작지만 분명한 목소리로 대답했다.

―사라졌지만 사라지지 않은 것들에 대해서. 아마도, 아주 긴 이야기가 될 거 같아. 그래도 괜찮아. 남은 건 시간과 나와 이야기뿐이니까.

―율아.

―응.

율이는 항상 대답을 잘했다. 마치 누가 불러주기만을 기다리는 사람처럼.

―내가 지금, 거기로 갈게.

그 말을 하고 나자 신기하게도 마치 율이와 마주보고 서 있는 기분이었다. 가슴이 벅차게 오르내렸다. 따스하고 농밀한 무언가가 몸속에서 출렁거렸다. 오랫동안 율이에게 하지 못한 말들이 내 안에서 소용돌이쳤다. 율이는 기다리겠다고 했다. 아니, 말하진 않았지만 나는 느낄 수 있었다. 전화를 끊은 뒤 나는 할머니에게 쪽지를 썼다.

할머니, 나 여행 가. 정확하게 말하면 율이를 만나러. 그런 느낌에 흠뻑 젖는 시절을 마음껏 누리러.

나는 옷장 속 깊숙이 넣어두었던 배낭을 꺼냈다. 오래도록 구겨져 쭈글쭈글해진 배낭을 열고 짐을 꾸렸다. 얇은 스웨터와 손전등, 자잘

한 물건들을 챙긴 뒤 책상 위에 펼쳐진 카프카의 책도 넣었다. 구름이 잔뜩 낀, 별도 보이지 않는 밤하늘 아래 율이와 함께 나란히 누워 카프카의 연애편지를 읊고 싶었다. 유치하지만 정말이지 그러고 싶었다. 가방을 걸쳐멘 나는 힘주어 방문을 열었다. 참으로 오랜만에 하는 여행이었다. 아마도 아주 긴 여행이 될 것 같았다. ■

내 기억 속 어머니는 항상 바쁜 분이었다. 내가 보고 자란 것은 팔할이 어머니의 분주한 등이었다. 불행히도 나는 질문이 많은 아이였다. 어머니의 피로한 옆얼굴과 대답 없음에 지칠 때면 나는 집에서 가장 큰 창문으로 향했다. 키에 비해 창문이 너무 높아 밥상으로 사용하는 작은 상을 끌어다 그 위에 올라서야 했다. 어린 나는 창턱에 팔꿈치를 올리고 양손으로 얼굴을 받친 채 창밖을 바라보곤 했다. 눈앞에 보이는 것이 이국적인 에메랄드빛 바다라든가 끝을 알 수 없이 펼쳐진 대나무 숲 같은 그럴싸한 풍경은 아니었다. 옆집 담벼락이 코끝에 닿을 듯 가까워서 보이는 것이라곤 시멘트가 대충 발린, 표면이 우둘투둘한 회색 담벼락뿐이었다.

나는 목적도, 의미도 없이 그 벽을 바라보았다. 벽에 솟아난 작은 돌기들이 마치 밤하늘에 그려진 별자리처럼 특별해 보였다. 나는 턱을 괴고 서서 시멘트 아래, 깊숙한 곳에 숨겨진 은밀하고 비밀스러운 이야기들을 읽어나갔다. 이야기의 씨앗들은 나의 시선을 먹고 한없이 자랐다. 그 상상의 독서 속에서 나는 인디언처럼 자유로웠다. 지구의 중심에 닿을 때까지 맨손으로 깊이 땅을 파기도 하고, 오백 일 동안 한 번도 깨지 않고 잠을 자다 눈을 번쩍 뜨기도 했으며, 토성의 띠를 밟으며 소리 높여 구구단을 외우기도 하다가, 너구리와 개미가 발라먹고 남은 내 뼈를 쌓아 성을 지으며 노래를 부르기도 했다. 또 아흔아홉 쌍의 말 많은 쌍둥이 엄마를 갖기도 했다. 그때 내가 처음 쓴 문장은 무엇이었을까. 나는 아직도 그게 궁금하다.

몸이 아팠던 지난 삼 년간, 입원과 퇴원을 반복하며 나는 기도했다. 세끼 밥을 지어 먹을 수 있는 힘과 글을 쓸 수 있는 힘만 허락해달라고. 당시에는 그게 소원일 만큼 많이 아팠다. 한밤중 자다 깨면 노년의 내가 슬그머니 다가와 자주 내 곁에 누웠다. 나는 처연하게 나를 바라보다 가만히 일어나 한약을 마시고 다시 잠을 청했다.
밥 먹고 소설 쓰고 누워 있고, 밥 먹고 소설 쓰고 다시 누워 있던 시간들이 밥 먹고 소설 쓰고 산책도 하고 농담도 할 수 있는 날들로 서서히 변주되기 시작했다. 밟으면 바삭, 하고 소리가 날 듯 메말라버린 마음에도 조금씩 햇볕이 들고 바람이 통했다. 그 기억을 잊지 않고 책상 앞에 앉고 싶다. 깨가 쏟아지도록 즐겁게 글을 쓰고 싶다.

소설을 쓰고부터는 누군가를 만나 이야기를 나누는 게 조금 어색해졌다. 차라리 두 손을 맞잡고 정신없이 뱅뱅 돈다든가, 서로 부둥켜안고 잔디밭 위를 마구 구르고 싶어진다. 수가 여럿일 때는 함께 단체줄넘기를 하거나 차례대로 공중제비를 돌고 싶어진다. 그게 가능한 사람들이 내 곁에 있다. 나에게 문학으로 다가와 영혼의 벗으로 남은 계란이들. 아픈 시간 많은 위로와 힘을 주었던 '오독'의 친구들. 모든 판단과 평가는 미뤄두고 무조건 내 편이 되어주는 현정이와 지민이. 물리적 거리와는 상관없이 한결같이 소중한 유년의 벗 숙정이, 진영이, 현수. 모두에게 감정적으로 많은 빚을 졌다. 오래오래 만나면서 천천히 갚아나가고 싶다.

가족들에게 어떤 말을 해야 할까. 소리없는 걱정과 위로를 보내준 그 마음들을 단 한 순간도 잊지 않았다. '산다'는 말은 '가족 안에서 산다'는 말을 줄인 것인지도 모르겠다. 너그럽고 고운 가족들이 있기에 나는 마음껏 실패할 수도, 다시 시작할 수도 있었다.

마지막으로 나의 별이자, 달이자, 담요이자, 통나무 별장인 남편에게 사랑한다는 말을 전하고 싶다. 수상 소식을 전하자 자동우산이 활짝 펼쳐지듯 웃음을 짓던 남편. 그 웃음이 오래도록 기억에 남을 것 같다.

천운영(소설가)

홍희정씨의『시간 있으면 나 좀 좋아해줘』는 매끈하지는 않지만 표
정이 살아 있었다. 제목이 말해주는 그대로의 표정을 갖고 있달까?
나 좀 좋아해줘, 라고 요구하면서 시간 있으면, 이라는 전제를 다는
소심함이라니. 수줍으면서 당돌하고 쓸쓸하면서 따뜻하다. 적당히 부
드럽고 적당히 힘있는 미소를 지녔다. 가만히 웃어 보이는데 잇몸이
싱그럽게 드러나고, 거기서 애정의 맨살을 훔쳐본 기분이 들게 만든
다. 훔쳐본 애정의 맨살이란 게 또 자극적이거나 도발적인 것이 아니
라 다정하면서도 은밀한 생의 속살이다.

어머니에 대한 기묘한 애정결핍을 느끼며 개미슈퍼에서 빈둥거리
는 율이. 그런 율이를 좋아하면서도 말도 못 하고 주변을 빙빙 도는

이레. 암 선고를 받았으나 유머를 잃지 않는 이레의 할머니. 남의 이야기를 들어주는 전화사업을 하며 속죄의 삶을 살고 있는 남사장. 등장인물들의 행보는 가만히 애를 태우며 느리게 움직인다. 이들의 소소한 이야기들을 따라 읽다보면, 글의 표정과 닮은 표정이 슬그머니 전염되는 느낌이다. 진지하고도 따뜻하다. 당연히 이 작가가 쓰게 될 다음 작품이 궁금해지는 이유이기도 하다.

소설의 생생한 표정은, 『시간 있으면 나 좀 좋아해줘』의 등장인물 칸트의 말을 빌리자면, 주변 세상을 조용히 응시하고 관찰한 사람이, 자신만의 눈으로 기억하고 의문을 갖기 시작했을 때, 자연스럽게 드러나는 근육작용이다. 그 표정에는 어떤 과장이나 어떤 도식이나 어떤 허세도 없다. 그 작가만의 세계가 있을 뿐.

류보선(문학평론가)

홍희정씨의 『시간 있으면 나 좀 좋아해줘』는 따뜻한 성장소설이었다. 여기, 누구보다도 그리고 무엇보다도 잘 '들어주는 사람' '이레'가 있다. 그녀는 크게 내세울 것이 없는 인물이지만 타인의 이야기, 즉 다른 사람에겐 들려주고 싶지 않은 그들의 정신적 상처, 그리고 어느 날 문득 도래한 외설적인 실재 때문에 발생한 그들의 혼란, 부서질까봐 혹은 변명처럼 들릴까봐 차마 표현하지 못하는 그들의 사랑 등등을 너무도 잘 들어주고 그것을 적절한 상징적인 언어로 번역해주는 인물이다. 그러나 그런 그녀도 자신의 사랑은 표현하지 못한다. 그러던 중 우연히 '들어주는 사람'이라는 전화상담 일을 하면서 혼잣말을 하거나 그것을 읽어주고 멈추는 것이 아니라 말을 주고받음으로써 비로소 사랑에 도달하게 된다는 사실을 깨닫는다. 그리고 그녀의 사랑을 말하고 그의 사랑을 듣기 위해 그가 있는 곳으로 달려간다. 이상이 『시간 있으면 나 좀 좋아해줘』의 개요인바, 이 소설은 장점이 많은 소설이었다. '잘 빚은 항아리'처럼 유기적으로 구성된 미장센, '들어주는 사람'이라는 일자리와 같이 주제에 잘 부합하는 신선한 디테일들, 몇 가지 안 되는 정보들로 '바로 그 사람'이라는 실감을 만들어내는 성격화 능력, 그리고 무엇보다 세상 사람들의 고통에 민감하게 반응하고 그것을 따스하게 감싸안는 공감력 등등은 다른 소설에서 찾기 힘든 『시간 있으면 나 좀 좋아해줘』만의 힘이라 하기에 충분하다. 그러나, 그럼에도 불구하고, 『시간 있으면 나 좀 좋아해줘』를 선뜻 당선작으로 밀지 못한 것은 일종의 기시감 때문이었다. 최근 들어 어쩐 일인지 집중적으로 『시간 있으면 나 좀 좋아해줘』와 같은 성장소설이 자주 쓰이고 있는 것이 사실인바, 『시간 있으면 나 좀 좋아해줘』는 최근의 성장소설적 맥락에서 보자면 전혀 새로운 형식이라 하기 힘든 측면이 있다. 무엇보다 그녀의 성장 형식에 기존의 보편성 혹은 상징질서에 대한 환멸과 냉소, 그리고 일탈과 방황이 상대적으로 약해 보였다. 부조리한 세상으로부터 일탈하고자 하는 욕망, 부조리한 세상을 전혀 새로운 세상으로 바꾸고자 하는 정치적 열정이 또다른 개성의 출현, 그러니까 한 개체의 진정한 성장을 가능하게 하는 것이라면, 『시간 있으면 나 좀 좋아해쥐』는 진정한 성장이 없는 성장소설에 가까워 보였다. 그러나 곰곰 되짚어보니 오히려 '성장이 없는 성장소설'이 오늘날의 성장 형식 아닐까 하는 생각이 들었다. 사회가 역동적으로 변화하던 시대에 성장은 필연적인 것이었지만, 오늘날처럼 어제가 오늘이고 오늘이 곧 내일인 시대에 하루아침에 전혀 다른 인격체의 도래를 기대한다는 것은 시대착오적일지도 모른다. 그렇다면『시간 있으면 나 좀 좋아해줘』의 그녀 이레가 일궈낸 진폭은 비록 미세하다 하더라도 세상을 근본적으로 뒤흔들 '나비의 날갯짓'일지도 모를 일이다.

신형철(문학평론가)

홍희정씨의『시간 있으면 나 좀 좋아해줘』에는 사유가 있다고 말하기는 힘들겠지만 확실히 인상적인 미학은 있다. 실제로 만나보고 싶어지는 생생한 인물들, 다시 읽게 만드는 아름다운 문장들, 여기에 머물러 있어도 좋을 것만 같은 인상적인 장면들, 결국 이런 것들이 있어야만 한 편의 소설은 그 소설 안에만 존재하는 고유한 세계 하나를 창조할 수 있다. 이것이 우리가 '언어예술로서의 소설'에서 기대하는 가장 일반적인 미덕이 아니던가(물론 조이스, 울프, 프루스트, 무질, 카프카, 포크너 등으로부터 시작되어 1950~1960년대의 앙티로망 혹은 누보로망으로 이어지는 소위 '현대소설'의 계보를 일단 논외로 한다면 말이다). 이것이 절대적인 기준이 될 수 없다는 것을 알기 때문에 고집을 부리지 않겠다고 마음먹고 심사에 참석했다. 그러나 쓸데없는 걱정이었다. 심사를 시작하면서 각자 서너 편의 소설을 추천할 때 한 사람도 빠짐없이 모든 심사위원들로부터 표를 얻은 유일한 작품이 바로 『시간 있으면 나 좀 좋아해줘』였기 때문이다.

박형서(소설가)

홍희정씨의 『시간 있으면 나 좀 좋아해줘』를 수상작으로 결정했다. 실은 조금 의외였다. 이 소설은 천 번쯤 들어본 진부한 스토리라인을 갖고 있었다. 십대들 사랑 이야기의 고만고만한 변주라고나 할까? 하지만 바로 그게 이 소설의 가장 흥미로운 점이었다. 이 소설은 안정된 기본기와 곡진한 관찰만으로 자기만의 보폭을 획득해냈다. 이런 글을 쓰는 작가에게는 인감도장을 맡겨도 안심할 수 있는 법이다. 그에 더해 군데군데 멋진 장면들이 보이는데, 그중 몇은 반짝반짝 광채가 날 만큼 사랑스러웠다.

좋은 소설들을 읽었고 좋은 작가를 뽑았다. 그러나 내게 있어 가장 큰 수확은 이번 심사에 참여한 경험 그 자체였다. 한 치의 물러섬도 없이 때론 정교하게, 때론 우직하게 자신의 논리와 철학을 전개하는 문단 선후배를 보며 문학상의 권위란 수상자뿐 아니라 그 심사위원들의 면면에도 크게 빚진다는 사실을 새삼 깨달았다. 2013년 4월 29일 오후의 일이었다.

하성란(소설가)

　홍희정씨의『시간 있으면 나 좀 좋아해줘』를 읽다가 키 백팔십육
센티미터의 거구에 마더콤플렉스가 있는 한 청년이 열 손가락에 꼬깔
콘 과자를 하나씩 끼우고 있는 장면에서 웃음이 터지고 말았다. 언젠
가 청년들과 이런저런 이야기를 나누다가 그들의 전화통화 내용에 대
해 들었다. 전화를 걸어 "뭐하고 있어?"라고 물어보면 "누워 있어"라
고 대답한다고 했다. 할 일을 미뤄두었거나 근심이 있거나 빈둥대거
나 상세한 설명 없이도 누워 있어, 란 한마디가 모든 걸 다 이야기해
준다고 했는데, 이 소설을 읽으면서 곳곳에서 누워 있을 그들이 떠올
랐다. 사랑에 목매지 않고 사랑이라는 말의 무게감조차 부담스러워하
는, 그들의 일상. 앞선 여러 일들을 통해 우리는 우리가 아무리 바꾸
려 해도 바꿀 수 없는 것이 있다는 것을 경험했다. 섣부른 희망보다는
다가올 미래조차 기시감처럼 별다를 것이 없을 거라는 걸 알아채버린
늙은 청년들의 이야기가 쓸쓸하게 다가왔다. 본심에서 이런 성장담들
이 요즘 주를 이룬다는 이야기가 나왔지만 이 작품은 성장이 없는 성
장담이라는 것에 점수를 주고 싶었다. 이것은 이야기의 전개가 잘못
되었다기보다 충분히 의도한 바로, 지금 청년들의 현실을 지켜보거나
그 속에 있는 자의 목소리라는 데 확신이 갔다. 이런 일상 속에서는
할머니의 시한부적인 삶도 대형마트에 치여 생존마저 위협을 받는 구
멍가게들의 이야기도 그저 흘러가는 일상일 뿐이다. 그 가운데 톡톡
튀어오르는 것이 바로 주인공 이레의 들어주기 아르바이트 이야기이

다. 무엇보다 과장 없이 별다른 사건 없이 이렇게 이야기를 끌고 가는 힘에 점수를 주고 싶었다. 어쩌면 우리는 너무도 자극적인 이미지의 과잉에 지쳐 있는지도 모른다.

긴 논의 끝에 『시간 있으면 나 좀 좋아해줘』가 수상작으로 결정되었다. 이 이야기는 이 작가가 쓸 이야기의 앞부분에 해당된다는 생각이 들었다. 그에게는 이 뒤로도 많은 이야기가 있을 거라는 기대를 갖게 했다. 개인적으로는 이 작가의 다음 작품에 더 큰 기대를 가지고 있다. 수상을 진심으로 축하드린다.

황종연(문학평론가)

홍희정씨의 『시간 있으면 나 좀 좋아해줘』를 참신하다고 말하기는 어려울 것이다. 성장소설은 공모된 장편들에 흔하디흔한 서사 유형이다. 동시대의 구직 전쟁을 상기시키는 미취업 청년들의 사랑과 시련의 이야기는 더욱 그렇다. 불만 많고 미혹 많은 젊음은 김애란과 황정은 이후 유머러스한 어조로 소설화되는 경우가 많다. 『시간 있으면 나 좀 좋아해줘』도 예외는 아니다. 대학 졸업 후 변변한 직장을 구하지 못한 채 아르바이트를 하고 있는 이십대 여자인 '나', 한때 전공하던 미술을 그만두고 작가수업중인, '나'의 대학 동창이자 '나'의 마음속 애인인 율이. 이들의 상황은 얼마든 우울하게 그려질 소지가 있음에도 기본적으로 명랑한 청춘소설로 귀착되었다. 어째서 그런가. 두 인물이 처한 생존경쟁의 현실이 그들을 둘러싼 생활의 희미한 원경(遠境) 속으로 밀어놓아졌을 뿐만 아니라 '나'의 할머니와 율이의 어머니가 보여주는 도덕적 기질, 즉 삶에 대한 강한 애착이 서술자 '나'가 삶을 보는 방식을 전반적으로 물들이고 있기 때문이다. 소설 속의 세계는 사실상, 낙심과 절망을 모르는 억척어멈의 그것이다. 줄거리의 중심을 이루는 율이에 대한 '나'의 사랑은 엄마의 사랑을 갈구하는 그 아이 같은 남자에 대한 관용과 연민을 특징으로 한다. 이것은 작중에서 '나'가 하고 있는 아르바이트인 남의 이야기를 '들어주는 사람' 역할과도 연관된다. '나'라는 인물은 사랑과 윤리의 근저에 놓인 모종의 근본적 수동성을 순진한 형태로 표현한다. 인생을 사랑하는 법을 배워가는 청춘의 설렘과 기쁨을 그에 어울리는 온화한 유머와 낙관으로 그려낸 사랑스러운 작품이다.

홍희정 관상기(觀相記)

박형서

　문학동네작가상 수상자인 홍희정 작가와 5월 3일 서울교대 인근에서 만났다. 작가는 그곳까지 오기 위해 산을 넘었다고 했다. 나는 강북에 살기 때문에 그곳으로 가기 위해 한강을 건넜다. 우리는 산을 넘고 강을 건너 만난 사이군요. 뭐 그런 시시껄렁한 농담으로 인터뷰를 시작했다. 나는 우리 사이에 오간 모든 대화를 질문지 옆에 빼곡히 적었다. 그렇게 두 시간 남짓한 인터뷰를 마치고서 홍희정 작가와 헤어져 교대역 4번 출구 인근의 다음 약속 자리에 참석했다. 소주와 맥주를 섞어 마신 뒤 막걸릿집으로 옮겨 서너 통의 막걸리를 신나게 마셨다. 이후 노래방에 들렀고, 다시 소주인지 맥주인지 아리송한 술을 몇 잔 더 마셨으며, 집에 돌아와서는 형편없이 곯아떨어졌다. 그리고 다음날 일어나보니 인터뷰 내용을 정리한 종이가 어디론가 사라져 있었다. 완전히 망한 것이다.

그런 탓에 이 글은 '홍희정 작가는 산을 넘어왔다 → 홍희정 작가의 집은 지리산 어디쯤' 하는 식으로 전개되리라는 사실을 미리 밝혀둔다. 재앙에 가까운 기억력 때문에 실제 있었던 대화와 꽤 차이가 있을 터이나, 그렇다고 순전히 지어낸 거짓말로 여겨버리면 내가 많이 섭섭하다. 누군가 조언하길 알코올 섭취를 한 달만 끊으면 기억력이 좋아진다고 하던데, 그 역시 만날 때마다 내 이름을 묻는 걸로 보아 별로 기대할 바는 못 되는 듯하다.

지난 4월 29일, 긴 논의를 거쳐 심사위원들이 만장일치로 선택한 작품은 『시간 있으면 나 좀 좋아해줘』였다. 이 오글거리는 제목을 단 소설은 나를 비롯한 모든 심사위원들의 본심 추천작 목록에 들어 있던 작품이기도 하다. 하지만 나는 이 소설이 정말로 수상작으로 뽑힐 거라고는 기대하지 않았다. 이야기 자체가 전반적으로 지나치게 얌전하고 평범했기 때문이었다. 이 작가의 문학적 야심은 도대체 어디에 있는가? 그러한 의문은 5월 3일 인터뷰 현장에까지 이어져, 다른 이야기 매체에 비해 소설이 갖는 장단점을 묻는 공격적인 질문으로 발전하였다.

홍희정 작가는 소설을 '음흉한 장르'라 표현했다.[1] 그 말은 곧 '감춤의 미덕'을 뜻하는 것처럼 들리는데, 여기서 감춰지는 대상은 작가다. 즉 하나의 친근하고 인상적인 세계를 구축하면서, 혹은 그 목적

---

1) 아마 그랬을 것이다.

을 최대한 달성하기 위해 작가 자신은 뒤로 물러난다는 의미다. 이야기 뒤에 몸을 감출 수 있으니 익명의 위안을 얻을 수 있고, 제 손으로 썼지만 구체적인 자기고백이 아니므로 절연되었다는 불안을 느낄 수도 있다.

그에 더해 홍희정 작가는 소설 장르의 매력으로 '제한'을 들었다. 소설이 얼마나 구속이 많은 장르인지 아는 이는 드물다. 특히 직접 써본 적이 없는 이들은 소설 장르가 무슨 엄청난 자유를 품고 있는 것처럼 흔히 생각하는데, 전혀 사실이 아니다. 소설은 제한과 한계가 덕지덕지 붙은 비참한 장르다. 그런데 이러한 중증 장애가 오히려 상상력을 자극한다는 점이 놀랍고도 흥미롭다. 도박사 K의 패를 볼 수 없다는 한계, 실업가 Y의 재산 규모를 모른다는 제한 따위가 들러붙어야 비로소 재미있는 승부 이야기, 사랑 이야기가 시작되는 것이다. 이것은 대부분의 작가들이 "아무거나 적당량 써주세요"라는 청탁에 넋이 달아나는 것과 같은 이치다. "십대 시절의 추억을 소재로 당뇨환자들에게 당 쇼크를 주는 천 단어 분량의 감미로운 콩트를 써주세요"라고 청탁해야 슬슬 머리가 돌아가며 펜이 움직이기 시작한다.

홍희정 작가가 체험한 소설 장르의 가장 심각한 제한은 아마 분량인 듯했다. 특히 시와 비교했을 때 소설은 상당히 친절하고 말이 많은 장르다. 단편소설의 경우 이백 자 원고지 백 매 안팎, 장편소설의 경우는 경장편이라 하더라도 오백 매 안팎을 채워야 한다. 이 정도의 소설을 쓰려면 궁둥이의 땀띠를 피할 수 없다. '땀띠의 법칙'이라는 것이 있다. 궁둥이의 땀띠가 두 배 늘어날 때마다 소설이 성공할 확률도

두 배로 높아진다는 이론이다.[2] 그러니 궁둥이 피부가 소나무 껍질과 흡사해지면 작가로서 이미 반은 성공했다고 볼 수 있다. 가난했던 레이먼드 카버의 경우는 그럴 시간이 없다는 게 문제였다. 건강이 좋지 않은 홍희정 작가의 경우는 그럴 수 없다는 게 문제였다.

"평형감각을 관장하는 내이기관에 문제가 생겼어요." 홍희정 작가의 말이다.[3] "그래서 늘 어지럽고 집중이 안 돼요. 선생님, 전 어쩌면 좋을까요?"

이비인후과가 정답이다. 하지만 그 상태로 수년이 흘렀다면 이비인후과 역시 별 도움이 되지 않을 것이다. 나 역시 비슷한 증세가 있어서 잘 안다. 그런 병이 발생한 건 비극이지만 얼굴을 묻을 베개 하나만 있다면 크게 걱정할 일은 아니다. 문제는 소설쓰기처럼 일정 시간 집중이 필요한 작업에 대단히 방해가 된다는 점이다. 사실을 말하자면, 소설 쓰는 게 거의 불가능해진다. 발표하는 작품마다 죽을 쑤는 것도, 통장에 돈이 떨어져가는 것도 고질적인 걱정거리였지만 내가 작가의 길을 계속 가야 할지 말아야 할지 가장 심각하게 고민을 했던 시기는 바로 이 병이 깊어졌을 때였다. 짧은 순간에 제대로 집중하면 그럭저럭 생활을 영위해나갈 수 있는 직업(이를테면 경마기수나 밤무대 트로트 가수)을 고려해본 적도 있다. 그런데 훗날 알고 보니 나만 그런 게 아니었다. 2012년에 문학상을 싹쓸이한 정영문 작가도, 내년쯤 문학상을 싹쓸이할 김미월 작가도 비슷한 병을 앓는다고 했

---

2) 내가 방금 만든 이론이다.

3) 짐작건대 그랬을 것이다.

다. 문화예술위원회는 쓸데없는 사업에 문예진흥기금을 낭비하지 말고 한국소설의 발전을 위해 최고급 내이기관을 보급해주면 기쁠 텐데 말이다. 기왕이면 블루투스 기능도 달린.

한 편의 소설에는 작가의 모든 것이 들어 있다. 세계관, 경험, 좋아하는 것과 싫어하는 것, 희망하는 것과 두려워하는 것, 심지어는 말하고 싶어하는 내용뿐 아니라 말하고 싶어하지 않는 내용까지 녹아 있다. 이러한 모든 정보들은 특히 한 작가의 처녀작에 날것 그대로 담겨 있는 경우가 많다. 그래서 생애 처음으로 완성한 소설에 대해 물어보았다.

"저는 성균관대학교 서양화과를 나왔답니다. 대학 시절, 다른 단대에 비해 복사할 거리가 많지 않은 예술대의 복사가게 주인에 관심을 가진 적이 있어요." 홍희정 작가의 말이다.[4] "일감이 없을 때면 정물처럼 앉아 있었는데, 그 모습을 보며 제 신세를 투사해보았지요."

'목캔디 권하는 여자'라는 인물화스러운 제목을 단 홍희정 작가의 처녀작은 대략 이러한 내용이다. 예술대학 복사가게의 주인은 말수가 적은 아랍계 노동자다. 일감이 적어 평소에는 손에 찻잔을 들고 가만히 복도를 바라보곤 한다. 그러던 어느 날 홍희정 작가 자신으로 추측되는 미모의 여대생이 오만원권 컬러복사를 맡기러 찾아오고, 둘 사이에 애틋한 눈빛이 교차하는 가운데 알 카에다 비밀요원으로서의 신

---

4) 분명히 그랬을 것이다.

분이 발각된다. 그 와중에 전국 어느 대학에나 한 명쯤 있는 미친 교수가 여대생에게 A학점을 미끼로 루이뷔통 핸드백을 요구하고, 복사 가게 주인은 대학가의 잘못된 관행을 막으려 나체로 특공무술을 펼치다 그만 폐결핵에 걸린다.[5]

백 퍼센트는 아니겠지만 등단한 작가들에겐 대체로 두 가지 공통점이 있다. 처녀작에 자전적 성격이 많이 담겨 있다는 점과 처녀작의 품질에 대체로 만족한다는 점이다. 자전적 내용이 많이 담겨 있다는 건 상상에 대한 훈련이 아직 제대로 이루어지지 않았기 때문으로 보인다. 보다 중요한 것은 처녀작에 대체로 만족한다는 사실이다. 실제로 어떤 자리에서 나는 그것이야말로 작가가 되느냐 혹은 독자로 남느냐를 가르는 지표일지 모른다고 주장한 적이 있다. 말하자면 처녀작이 만족스러울 경우 소설가의 길을 계속 걷게 되며, 반대의 경우는 쉽게 마음을 정리하게 된다. 대부분이 그렇다. 이것은 실력이나 의지와는 상당히 무관하다. "아 아" 하고 설명을 들은 홍희정 작가가 탄식하듯 말했다.[6] "그러고 보니 소설가란 운이 꽤나 중요한 직업이로군요."

내가 다른 작가에게 특히 관심을 갖는 건 '소설쓰기가 행복한가'의 여부다. 어느 지면에서 한 유명 작가가 '소설쓰기가 즐거워 미치겠다'고 말했다는 내용을 읽은 적이 있다. '미치는 게 즐거워 소설을 쓴다'도 아니고 '즐거운 게 소설 같아 미치겠다'도 아니고 '소설쓰기가

---

5) 전부 내가 지어낸 거지만 십중팔구 그랬을 것이다.
6) 그랬을 가능성이 크다.

즐거워 미치겠다'라니. 도대체 어떻게 하면 그런 경지에 다다를 수 있단 말인가?

나는 소설 쓰는 게 즐겁거나 행복하지 않다. 홀로 방구석에 앉아 몇 시간이고 글쓰는 게 즐거운 변태라면 정신과 치료를 받아야 한다고 믿을 정도다. 내가 좋아하는 건 쓰기, 즉 타인과의 엄숙한 공유라는 조건이 배제된 순수한 공상 그 자체다. 속셈을 감춘 채로 이야기를 만들고 꾸미고 다듬어 가까운 친구들에게 들려주는 행위에서 나는 행복을 느낀다. 그렇지만 그건 돈이 되지 않으니까 투덜거리며 원고지에 옮기는 것이다. 그런 작업을 십 년 넘게 해오다보니 자연스럽게 요령도 생기고 부담도 줄어들게 되었다. 하지만 그 작업 자체를 사랑하는 것과 부담이 줄어드는 건 완전히 다른 얘기다. '두리'나 '보람' 같은 한글 이름 부르기를 좋아하는 거랑 '나라퐁 종삐쏨판'이나 '잉마윽 왕끄랏딱깡솜' 같은 태국 이름을 부를 때 혀가 덜 꼬이는 건 차원이 다르듯 말이다. 그래서 물었다.

홍희정 작가는 "소설이라는 형식 자체가 즐겁다"고 대답했다.[7] 세상과 대면하기 위해 그녀가 준비한 두 가지 표현방식, 즉 대학 시절의 전공이자 현업이기도 한 서양화 그리기와 2008년 등단 이후 최대의 관심사인 소설쓰기는 상호보완적이어서 그 구체성과 포괄성 혹은 지시성과 암시성이 서로의 부족한 공간을 채워주는 것 같았다.[8] 다시 말해 홍희정 작가에게는 소설쓰기 외에도 다른 방식의 유용한 표현수단

---

7) 그랬을 확률이 높다.
8) 증거는 없지만 그래 보인다.

이 있어 소설쓰기에 무한한 부담을 느낄 필요가 없고, 따라서 소설쓰기를 즐길 수가 있는 것이다. 어쩐지 일부다처제에 대한 변론을 듣는 기분이었다.

이것은 2013년 5월 3일 오후 네시부터 여섯시 사이에 교대역 인근에서 진행된 인터뷰의 질문지를 분실하는 바람에 기억의 조각들을 얼기설기 편집하거나 상상으로 채워넣거나 혹은 악의적으로 비약하고 왜곡함으로써 인터뷰라기보다는 '관상기(觀相記)'라는 새로운 장르의 시초가 될 운명을 안고 태어난 글이다. 홍희정 작가의 이상적인 소설관을 엿보기 위해 세상에 단 한 편의 소설만이 살아남는다면 어떤 작품을 추천할 것인가 질문했다. 『상실의 시대』와 『숨그네』라는 답변이 돌아왔다.[9] 어쩐지 의심스러워 최근에 감명깊게 읽은 책을 물어보았다. 『상실의 시대』와 『숨그네』라는 답변이 돌아왔다. 내 그럴 줄 알았다.

그럼에도 불구하고 그 두 작품은 이번에 홍희정 작가에게 부귀영화를 안겨준 『시간 있으면 나 좀 좋아해줘』와 유사한 점이 있다. 강력한 핵사건을 따라가거나 주변사건의 인과적 연쇄를 통해 이야기를 끌고 나간다기보다는 하나의 조건(배경) 위에서 다양한 사유가 갈래를 치는 방식의 소설인 것이다. 나는 언젠가 스스로 비슷한 질문을 받았던 기억을 떠올렸다. 당시 나는 『이솝우화』라 대답하고는 그 이유로 "그

---

9) 필경 그랬지 싶다.

책에 담긴 DNA를 통해 장차 다른 모든 소설들이 부활할 수 있을 것이기 때문"이라는 멋들어진 설명을 달았다.[10] 당시 나를 인터뷰한 분은 최근에 감명깊게 읽은 책을 내게 묻지 않았다. 등단 십 년차의 소설가가 최근에 『이솝우화』를 감명깊게 읽었으리라고는 상상도 못했던 것 같다.

어쨌든 세상에 단 한 편의 소설만이 살아남는다면 무엇을 추천할 것인지 물어봄으로써 홍희정 작가의 소설관이 나의 그것과 완전히 다르다는 사실을 확인했다. 동료의식이란 이렇게 생겨나는 법이다. 저쪽에서 열심히 핸들을 만들어주니 이쪽에서는 열심히 바퀴만 만들면 된다. 홍희정 작가가 자신의 글을 씀으로 인해 나는 총체성에 대한 괜한 염려 없이 안심하고 내 글을 쓸 수 있게 된다. 그런 까닭에 우주에는 적어도 둘 이상의 작가가 필요한 것이다.

슬슬 자기 작품에 대한 평가가 궁금해졌다. 그에 따라 앞으로 어떤 작가가 되려 하는지도 추측할 수 있기 때문이다. 하지만 자기 작품에 대한 평가는 한국문학 전반에 걸친 평가와 분리된 채로 나올 수 없는 노릇이다. 그래서 질문을 던졌다. "이번 심사에는 문학평론가인 류보선, 신형철, 황종연, 소설가인 박형서, 천운영, 하성란이 참여하였습니다. 이들 각각의 문학세계에 대해 논평하고 자기 작품의 장단점을 들어 심사의 전체적인 흐름을 유추해보시오."

---

10) 아마도 그랬을…… 응?

"선생님 제정신이세요?"[11]

제정신이라서 급히 질문을 수정했다. "어떤 작가로 살아남길 원합니까."

긴 고민 끝에 "이름에 대한 명예욕 같은 건 없"다고 잘라 말했다.[12] 홍희정 작가가 원하는 것은 자신의 소설이 많은 이들의 정신 속에 흘러들어가 사유의 씨앗이 되는 것이다. 심지어는 "소설의 유토피아가 있다면 작가 이름을 달지 않고 소설 그 자체로만 남는 어떤 세계일 것"이라고까지 표현하였다.[13] 실제로 그렇게 말했건 아니건 상관없다. 처음 만났을 때부터 분명히 그리 말할 것이라는 인상을 주었으니 말이다. 그런 분위기를 한참 동안 풍긴 주제에 실제론 다른 얘기를 했다면 이 작가는 표리부동한 사람이다. 아무튼 홍희정 작가가 말한 유토피아는 굉장히 흥미로운 곳이었다. 호메로스도 세르반테스도 카프카도 모파상도 오웰도 서로서로 어울려 이름 없이 지내는 곳. 그런 곳이 있다면 나 역시 가고 싶을 수밖에 없다. 가만가만, 그럼 나는 도대체 몇 개의 언어를 공부해야 하지? 숙제는 많을까?

여러모로 생각해볼 여지를 주는 답변이었다. 오랫동안 나는 이름을 대단히 중요하게 여겨왔다. 내 실명을 달아야 하는 경우라면 두세 줄 분량의 논평에도 과민한 수정과 퇴고를 반복했다. 그렇게 해온 덕분에 좋은 점도 많았다. 그런데 홍희정 작가의 말을 듣고 보니, 그동

---

11) 다르게 말했더라도 본심은 그랬을 것이다.

12) 틀림없이 그랬을 것이다.

13) 그랬지 않나 싶다.

안 나는 소설보다 나 자신을 더 중요하게 생각해온 게 아닌가 하는 의심이 들었다. 반면에 홍희정 작가의 영혼은 한결 소설적이었다. 제 사유의 흔적이 누군가의 마음에 담긴 씨앗이 되길 바랄 뿐, 이름 따위는 아무래도 상관없다는 투였다. 이건 또 어떤 경지인가? 문득 저 고상한 유토피아에서 나 혼자만 덜렁 이름표를 달고 활보하는 광경이 떠올랐다. 쯧쯧.

　고통과 결핍이 예술을 단련시킨다는 따위의 말은 하지 않겠다. 그런 건 전부 개소리다. 그러나 어찌된 일인지 고통과 결핍이 없거나 없었던 작가는 아무리 둘러보아도 찾지를 못하겠다. 지나온 삶을 듣다 보니 홍희정 작가 역시 세상의 모든 작가가 속한 A그룹, 어딘가에 있긴 있겠지만 현재로서는 아무도 속하지 않은 B그룹 중에서 A그룹에 속한 모양이다. 그런데 『시간 있으면 나 좀 좋아해줘』는 왜 분위기가 이리 발랄하고 경쾌한 거지? 이 소설의 고통은 속으로 유추될 뿐 겉으로 드러나지 않는다. 전체적으로 깜찍하고 당돌하다. 진지해질 것 같은 지점이 등장하면 잽싸게 방향을 틀어 아무렇지 않은 어느 골목의 초입으로 날아간다. 혹시 현실로부터 도피할 목적으로 자기 삶과 완전히 다른 세계를 그린 것인가? 예정에 없던 질문이어서 간략한 대답을 기대하며 물었다.
　홍희정 작가는 그게요, 하고 우물쭈물 말했다.[14] "아픈 시기를 겪은

---

14) 대략 그랬을 것이다.

뒤 제 소설의 등장인물에게 고통을 주기가 어려워졌거든요."

인터뷰 전체를 통틀어 가장 흥미로운 대답이었다. 완고하리만큼 어리숙한 척을 하던 작가가 그 질문 하나에 문득 약점을 드러낸 것이다. 나는 깨달았다. 홍희정 작가는 아직 극복을 못했다. 싸움은 여전히 진행중이다. 매일같이 피가 튀고 뼈가 부러지며 아군과 적군이 떼로 죽어나간다. 그 역시 사람이 하는 일인지라 굴곡이 있고 한계가 있고 또 패배가 있을 텐데, 어느 쪽이든 그 나름대로의 대처 방안이 마련되어 있으니 크게 걱정할 필요는 없다. 하지만 현재의 상태가 너무 오래 지속되는 건 심각한 문제다. 고통에 점점 예민해지고 겁을 먹게 된다. 자꾸 등을 돌리고 가짜 낙원에 넋을 빼앗긴다. 이는 앞으로의 서사 전개에 있어 결정적인 한계, 넘을 수 없는 벽으로 작용할지도 모른다.

방법은 한 가지, 화력을 총동원하는 최후의 전면전뿐이다. 어쩌면 홍희정 작가도 그 사실을 잘 알아서 지금 이 순간 깜깜한 마음으로 시기를 조율하고 있는 건지 모르겠다. 이제 곧 정말로 힘든 순간이 닥칠 것이다. 원군은 오지 않고 먹구름이 뒤덮인 시뻘건 전장에 홀로 앉아 남은 탄알 하나하나를 차갑게 헤아려야 하는 때가 올 것이다. 나 역시 그런 시기를 보낸 적이 있고 어쩌면 지금 또한 바로 그런 시기 중 하나인 것 같아서 혹시 주변에 괜찮은 원군 아니 아가씨 없느냐고 물었더니 마침 있다는 반가운 대답에 에이 그러면 나 소개 좀 시켜줘요 하고 부탁하자 흔쾌히 뭐 알았단다.[15]

---

15) 적어도 나는 그렇게 받아들였다.

그 약속을 마지막으로 우리의 인터뷰는 끝났다. 나는 다음 모임 장소인 교대역 4번 출구로 이동해 소주와 맥주를 섞어 마신 뒤 막걸릿집으로 옮겨 서너 통의 막걸리를 신나게 마시고 이후 노래방에 들렀다가 다시 소주인지 맥주인지 아리송한 술을 몇 잔 더 마시느라 금치산자가 되어 인터뷰 내용이 기록된 질문지를 통째로 분실하기 위해 홍희정 작가에게 고개 숙여 인사했다.

문학동네 장편소설
시간 있으면 나 좀 좋아해줘
ⓒ 홍희정 2013

1판 1쇄 2013년 10월 7일
1판 7쇄 2024년 11월 5일

지은이 홍희정
책임편집 이경록 | **편집** 정은진 황예인
디자인 강혜림 유현아 | **저작권** 박지영 형소진 최은진 오서영
마케팅 정민호 서지화 한민아 이민경 왕지경 정경주 김수인 김혜원 김하연 김예진
브랜딩 함유지 함근아 박민재 김희숙 이송이 박다솔 조다현 배진성
제작 강신은 김동욱 이순호 | **제작처** 한영문화사

펴낸곳 (주)문학동네 | **펴낸이** 김소영
출판등록 1993년 10월 22일 제2003-000045호
주소 10881 경기도 파주시 회동길 210
전자우편 editor@munhak.com | **대표전화** 031) 955-8888 | **팩스** 031) 955-8855
문의전화 031) 955-2696(마케팅) 031) 955-1906(편집)
문학동네카페 http://cafe.naver.com/mhdn | **트위터** @munhakdongne
북클럽문학동네 http://bookclubmunhak.com

ISBN 978-89-546-2255-4 03810
* 이 책의 판권은 지은이와 문학동네에 있습니다.
    이 책 내용의 전부 또는 일부를 재사용하려면 반드시 양측의 서면 동의를 받아야 합니다.

잘못된 책은 구입하신 서점에서 교환해드립니다.
기타 교환 문의 031) 955-2661, 3580

www.munhak.com